守护平安

首都保安20名先进人物访谈录

北京市公安局
北京市总工会 ◎主编
共青团北京市委员会

中国工人出版社

编委会

序

经过30年艰苦奋斗，首都保安从无到有、从小到大，在探索中发展，在发展中壮大，协助公安机关为维护首都政治稳定和社会安定作出了积极的贡献，已经发展成为维护社会稳定的一支不可或缺的重要力量。

30年来，首都保安与时俱进、创新发展，服务对象涵盖政府机关、境外驻华机构、企业事业单位、金融机构、大专院校、居民社区以及全市关系国计民生的煤、水、电、气、热、通信、交通等基础设施和要害单位，服务项目不仅涵盖了首都各行各业，还走向全国，服务到海外。保安队伍在首都维稳、反恐防恐、社会治安等方面的作用日益凸显，重大安保活动中有他们最专注的目光，临时勤务活动中有他们最坚定的守候，居家出行身旁有他们最真诚的笑容，社会各行各业有他们最优质的服务。

本书记录的20名人物是首都保安发展30周年来的杰出代表，他们当中有全国人大代表、全国劳动模范、全国优秀农民工，以及全国十佳个人。他们是首都保安发展30周年的见证者，他们是首都保安辛勤耕耘的缩影，他们是首都保安风采的展现。首都保安精神通过他们在不断传承和发扬。

为了百姓平安，他们挥洒汗水；

为了首都稳定，他们奉献青春；

为了责任使命，他们不忘初心；

为了心中梦想，他们继续前进。

本书的职工作家深入基层、走进人物，用最真实的笔触，以报告文学的形式，深入、全面、真实、具体地记述了首都保安20名先进人物的工作、生活、情感以及内心世界，彰显先进人物的热情、梦想、感悟、成就，让人读之可敬、可亲、可近、可学。他们可歌可敬的故事，展示出首都保安的精神风貌，呈现出首都保安的光明未来。

谨以此书，献给所有为首都保安发展30周年默默付出、无私奉献、大力支持和贡献力量的人们！

目 录 Contents

王桂明 北京市保安服务总公司文安分公司。2000年“第一届全国优秀保安员”，2005年“第二届全国优秀保安员”，2011年“第三届全国十佳保安员”，2011年获“全国五一劳动奖章”，2015年“全国优秀农民工”。

保

“不负北大”的北大卫士

“不负北大”是北京大学保安大队大队长王桂明说了27年，也做了27年的一句话。

“不负北大”是王桂明给保安大队的座右铭。

“不负北大”是每一位北大保安员的自觉承诺。

北大是不能负，也不敢负的。凡是在北大生活过、求学过、工作过的人，都有这一共同的信念和敬畏。

作为中国最具精神魅力的学府，北大专注于灵魂的塑造和弘扬。在北大学会的不仅仅是知识，更多的是对人格的熏陶和塑造。从这个园子里面走出来的人，都会被深深打上北大的“烙印”。

“不负北大”，王桂明和他的 500 多名保安队员，手拉手围成一个灯罩，为北大这盏明灯挡风遮雨，保护它熠熠生辉。

保北大一方平安

选择成为北大的保安，意味着要符合北大的一流大学地位，成为一流的保安，而这意味着面临更多的挑战、更高的要求和更艰巨的任务。

在北京市保安服务总公司文安分公司驻北京大学保安大队，王桂明是带头人。自 1992 年 5 月参加保安工作起，他就把根深深地扎在北京大学这片沃土中。27 年来，他踏踏实实工作，默默奉献青春，为北大校园铸就了一道安全屏障，成为首都保安系统乃至全国保安行业的一面旗帜。

王桂明不辱使命，始终站在维护学校财产和师生生命安全的一线，在校门守卫、校园巡逻、大型活动警卫、突发事件处置等方面发挥了重要作用。据统计，自参加保安工作以来，他带领保安员参与抢险救灾约 1200 次，协助公安机关抓获各类违法犯罪嫌疑人 710 人次，充分发挥了保安队伍的重要辅警作用。

在同犯罪分子的斗争中，王桂明两次光荣负伤。一次，他在协助公安机关抓获一个膀大腰圆的偷车窃贼时，右臂骨折；另一次，他被非法持枪在校园内打鸟的违法人员打成鼻骨错位，依然强忍着钻心的疼痛，死死揪住对方不放，最终凭借良好的身体素质和格斗技能将其摁倒在地。

27 年来，无论多么危险的时刻，王桂明都是先锋队员。有一次，学校食堂发生火灾，他接报后带领保安员火速赶到现场，只见楼内浓烟滚滚，火苗直往上蹿，紧挨食堂的就是木质结构的大礼堂，如不及时控制火情，后果不堪设想。他迅速布置任务后，率先冲进火中。由于高温烘烤，旁边仓库内的啤酒瓶爆炸声接连不断，突然一声巨响，煤气罐爆炸将房顶掀起，巨大的火柱腾空而起。王桂明感到后脖颈一阵剧痛，但他全然不顾，依然死死抱住水龙带灭火。火最终被扑灭了，他的肩膀上却留下了一个永久的伤疤。

北京大学也是国内外文化交流的重要场所，每年需要安全保卫的临时重大活动有近百次。每一次，王桂明都能带领保安员出色地完成警卫任务。

2008 年 5 月 3 日，北大 110 周年校庆前夕，当时的国家领导人莅临北京大学视察。当车队向校内图书馆行进时，路口一名男子突然乱喊乱叫，试图闯入行车路线警戒区。正在执勤的王桂明立即带领队员冲上去，控制住该男子并果断带离现场，确保了领导人的安全，避免了不良影响。

2008 年，北京奥运会、残奥会相继举行，乒乓球比赛和马拉松比赛在北京大学进行。王桂明带领保安员废寝忘食地奋战了 2 个多月，出勤达 3765 人次，协助抓获犯罪嫌疑人 2 名，查验进入校园人员证件 42.5 万人次，拒绝无证入校 2.89 万余人次，查扣使用假证件等 137 人次，参与清理校园赛道障碍物等义务劳动 430 余人次，圆满完成了任务。

2009 年国庆 60 周年活动中，王桂明带领队员不仅圆满完成了校园内的安保工作，而且完成了首都群众游行中的北大“我的中国心”和北师大“教育发展”两个学生游行方阵集结区域的安检任务。王桂明承担了“我的中国心”方阵推彩车的任务，抬头挺胸地从天安门走过，接受党和国家领导人的检阅，带领游行的保安员展现了首都保安良好的形象，为保安员争得了荣誉，赢得了北大师生的称赞。

王桂明和他的队员们与北大相依相偎，以草木之根的稳固方式，构筑和保护着北大这所中国的最高学府。

守护北大这个家

有爱的地方才叫家，值得爱和眷顾的地方便是温暖的家。王桂明给来北大的新队员上的第一堂课，就是“今天我以北大为荣，明天北大以我为荣”。听这口气，一定是以北大为家、视自己为北大子女的人才能说出的话。

是的，王桂明就是一片痴心爱着北大，爱得无怨无悔，忠贞不渝，并将

这种爱传递给每一位保安队员，用爱心充盈的行动守护北大这个家。

20 多年来，王桂明几乎都没和 80 多岁的老母亲一起度过一个春节或者中秋节。每到春节，他只能在电话中给老人家一个安慰。去年春节，老母亲生病了，让家里人打电话催王桂明回家。王桂明也想回去多陪陪老人，但是，一想到 500 多个队员都回不了家，自己作为大队长更不能离开了。

顾大家，那就必须舍小家。北京奥运期间，王桂明每天都到深夜才能回家。小女儿感冒发烧了，都是妻子带到医院，一个人前后忙活着。王桂明说："这么多年，这个家多亏她了，可我也亏欠妻子太多了。"

王桂明在北大当上保安班班长那一年，学校领导非常关心他的生活，提出把他的妻子接到北大。当时，他心中一动，特别想马上把这个好消息告诉妻子。但是，想到保安工作的特殊性常常需要每天 24 小时工作，他觉得自己没有精力去分心照顾家人，就还是在妻子的理解下继续吃住在队里。

又过了 4 年，王桂明已是中队长了。学校领导又提出让他的妻子来北大，并给她找好了工作。这次，他还是没有让妻子过来。就这样，整整 14 年的时间，妻子与孩子就一直在农村老家生活。

人的一生，有太多随时可中断的契约，比如爱情、婚姻、事业，甚至生命。但对有坚定信念、忠贞不渝的人来说，这种中断很难在他的人生中发生。

王桂明就是这样一个人。

27 年的北大保安生涯中，身边的人来了又去，去了又来，如同走马灯一般。他却像一块坚毅的岩石，在保安的岗位上，任岁月流逝，始终保持最初的模样。

其实，王桂明也有过中断的机会，而且是良机。

北大勺园的一位领导听说王桂明的保安工作做得出色，就介绍他到河北霸州某公司做保卫部主管，开出的月薪竟然是他当时工资的 7 倍。这样的诱惑太大了，何况他的家庭情况也确实困难。当天晚上，王桂明辗转反侧，一夜难眠……然而，天快亮的时候，他还是第一个站到了保安队伍的最前面。

许多民营企业也向他抛出橄榄枝，给出了丰厚的待遇和更好的职位，同样被他婉言相拒。王桂明说："北京大学就是一个温暖的家，如果说我为这个

家做了点什么的话，那么这个家给予我的更多。做人必须感恩，我离不开保安这个岗位，也离不开北京大学这片沃土。”

他守护着北大这个家，并用温暖守护温暖。

凡是到北大报到的新生手中，都会有一个校园手册，上面有保卫部和保安队值班室的电话联系方式。这样既方便学生们遇到治安问题及时直接向队里反映，也为队员迅速反应争取了宝贵时间。这个手册，被学生们称为北京大学的“平安符”。

王桂明说：“学校里的事情比较琐碎，这真的需要我们用一颗爱家的心来爱护校园，要像经营自己的家一样细心经营校园。”有段时间，美丽的未名湖畔一到周末就变成了人声嘈杂的跳蚤市场，保安队就协助学校保卫部和城管人员进行清理。每逢放寒假，队员们顶风冒雪帮助学生们提行李、搬东西，让学生们感动不已。保安队专门设立了自行车打气站，义务为学生的自行车打气。有的老教授行动不便，队员们就负责接送他们上下楼……保安队用自己真诚的服务，赢得了广大师生的理解和赞叹。在北大 BBS 十大新闻的评选中，保安队冒雪为学生们搬运行李的事迹榜上有名。王桂明说：“学生的好评是给我们最大的奖赏！”

这就是王桂明对自己“服务就是最大的保安”观点的身体力行。守护好北大这个大家，构筑好保安队这个小家，王桂明让每一个家都温暖、温馨，让人眷顾、留恋、相依相偎。

时间倒回到 10 多年前的一个夏天，郊区一处驻勤点的队员在遭到无理司机的殴打后情绪低落，有了不想干的念头。王桂明得知后，带着中队长鞠国升驱车赶过去。途中，鞠国升的手机突然响起：“父亲病危……”鞠国升惊慌地说：“队长，我要回家，我不干了！”王桂明只得一边做鞠国升的思想工作，一边与鞠国升家中通电话了解情况。

到了驻勤点，王桂明发现那几名遭受殴打的队员正在整理行李准备离开，赶紧劝阻道：“你们看，中队长鞠国升刚刚接到父亲病危的电话，忍着泪水坚持来看望你们。”听了这话，被殴打的队员深受感动：“大队长！是我们错了，我们不走了！”

接下来，王桂明又赶紧将鞠国升送到车站，苦口婆心地劝他看望老人后一定回来，还拿钱为他购买车票和水果。鞠国升被感动了，连声说道：“大哥！你真好，说啥我也得干下去。”鞠国升的父亲需要几万元钱的手术费，王桂明又积极想办法，帮助解决了8000元，解了燃眉之急。从此，鞠国升工作更为积极主动，还因成绩突出年底荣记个人二等功。

王桂明的爱，就像一个个跳动的音符，与他的队员们一路同行。他积极开展为保安员“送温暖”活动，时刻对生活中遇到困难的保安员伸出援手。

保安员马海旺的父亲患肝癌晚期，他又是家中独子，只有母亲独自照顾父亲，再加上高昂的医药费，整个家庭遭到沉重打击，马海旺悲痛而无奈，精神压力和经济压力都很大。王桂明得知此事后，及时找到马海旺做工作，一方面安慰鼓励他战胜困难，另一方面组织保安员捐款，并向上级申请补助，为马海旺救急。中秋节前夕，王桂明带着慰问品和慰问金驱车百余公里，来到马海旺的河北老家，看望他患病的父亲。马海旺感动地说：“因为有了王大队长，我们身边有了更多的阳光，也有了更多的梦想的力量。”

2013年7月底，保安员韩振兴的老家甘肃定西地区遭受地震，家中房屋被强降雨冲垮，年逾七旬的父母成为灾民。当时正值北京大学暑期校园管控，韩振兴忙碌得无法回家，只能打电话安慰父母，暗地里一个人悄悄流泪。王桂明及时安抚韩振兴，送去了慰问金，并调整工作安排方便他能尽快回家探望。韩振兴激动地说：“王队长就是我们的贴心人和主心骨，有他站在身后，我们很踏实。”

为更好地帮助保安员解决实际困难，在经上级批准后，保安大队工会在王桂明的倡导下建立了保安“互助基金”，用于补贴帮助遇到家庭困难和重大疾病的保安员，为解决困难保安员生活、构建和谐保安队发挥了重要作用。

有人说，爱自己家的人，是人；爱别人家的人，是神。将二者紧紧连在一起结成一环，就是集合每一股力量，打造一个相互支撑的团队，让他们抱团取暖，让他们集结出发。

这就难怪，两年合同到期准备退队的小张主动申请留下来再干两年。

这就难怪，有的保安因父母年事已高，家中缺劳力，回家务农后，还要回北大当保安。

北大保安大队这个温暖的家，在文安分公司始终保持离队率最低的纪录，先后被评为“青年文明号”“百优保安队”“雷锋标兵岗”“先进工会分会”“十强百优保安班队”，荣立北京市保安服务总公司集体三等功 19 次，集体二等功 4 次。

整整 27 年，王桂明的执着、坚定、宽容、仁厚从未改变。他的初心和原动力难道仅仅是觉悟和责任吗？他的这一段话或许是最好的诠释——

“我与队员的感情好像是与生俱来的，因为我和他们的生长环境太相近。我从农村来，我的根扎在土壤中，我没有理由不关心、不珍惜我的队员。他们也从农村来，根也扎在土壤中，都是玉米，都是高粱，大家是一个群体。每当看到那些用一头牛或几百斤玉米粒换来的钱给孩子做盘缠的父老乡亲来当保安时，我的心也会一阵阵发紧。作为带头人，我没有理由不关心爱护他们。”

正因如此，北大保安大队的每一位队员，都把北大当成既是文化传承的家，又是成就自我的家。保安队和北大，一个小家一个大家，都是他们心灵的港湾。

我们都是北大人

北大是不能负，也是不敢负的。因为北大是我们的“人生导师”，她为我们拨亮前行的一盏盏航灯。

这是王桂明写在日记本上的一段话，这不仅是他的感悟，也是全体保安队员的心声。

不负北大的故事还要从王桂明说起。王桂明是装着初中生那点墨水进入北大的。到北大后，他觉得自己这点摇起来都溅不出水珠的墨水远远不够，想干好保安管理工作必须“充电”。于是，他下决心补习高中文化知识，向队里的高中生请教，向认识的老师请教。从 1990 年至 1998 年，他每天夜里学习 3 至 4 个小时，还报名参加了北京军地两用人才学院公安专业的学习深造。2000 年，他又报名参加了中央党校法律和公共管理专业考试并被录取。

在学习过程中，王桂明每天按时做作业，从没有把一道不会的题放过。有一次考试前夜，他弄不明白两道题，半夜 11 点多到平时热心帮助他的一位老师家里求助，还没入睡的老师耐心地给他讲解了题目。就这样，他顺利拿下了党校法律和公共管理专业的专科和本科文凭，还被中央党校函授学院评为“优秀学员”。

受王桂明的影响，北大保安队学习之气蔚然成风。一次，队员张君成给王桂明写了一份准备参加高考的申请。当时，保安想参加高考手续烦琐，需要很多条件和资质。王桂明考虑再三，决定让他先自学。张君成特别有韧劲，一有时间就静静地坐在宿舍里读书，到了宿舍统一熄灯的时候，就在洗漱间里借着微弱的灯光继续学习。这一幕深深触动了王桂明，他积极向有关领导反映了张君成的情况，并为张君成创造学习条件。最终，张君成如愿以偿地考上了大学，现在已成为山西省长治县职业技术学院的一名教师。此后，王桂明确立了建设学习型保安班队的发展目标。

当保安与上大学，原本是两条不同的人生轨迹，是截然不同的命运。然而在北大，这一切发生了变化，逐渐有了殊途同归的可能。这其中的推手就是王桂明。

有一次，王桂明看到保安员在毕业生的“跳蚤市场”买书。想到保安员大多来自农村，家庭经济条件不好，他就去书市地摊上花钱给大家买一些便宜书，甚至看到收废品的地方有一些挺不错的书籍，也赶紧买回来。日积月累，保安队的书籍越来越多。后来，王桂明又自己花了 1000 元钱，为每个队员买了一本《现代汉语词典》。保安队的这种学习精神，得到了学校领导的赞赏，学校保卫处又为队员们订报纸、杂志，购买了法律、管理等专业的工具书和一些成人高考的复习资料。有的老师、同学知道了，也为他们送来了学习书籍和刊物。就这样，保安大队建起了自己的图书室。

此后，文安分公司出台了对获得高等学历的保安每月工资多加 100 至 500 元的政策，王桂明更是一路绿灯地为队员提供良好的学习环境。这些政策和这样的氛围，起到了润物无声的作用。

初中毕业的北大保安大队副大队长张国强，通过自学考试先后获得北大、清华双学历及律师资格证书。保安员赵秀伟刻苦自学，考上了内蒙古包头铁路学院，圆了自己的大学梦。北大保安上大学的事迹，被中央电视台、《人民日报》等几十家新闻媒体宣传报道，既在全市保安队伍中形成了自学成才的氛围，又影响和吸引了不少有志青年慕名来北大保安队当保安。1994 年以来，在王桂明的帮助带领下，近 500 名基层保安管理干部和保安员考上了北京大学继续教育学院、北京市城市学院等大专院校，2015 年更有 5 名保安考上了研究生。在这些人中还涌现出了一大批管理骨干，在清华、人大、师大、航空航天大学等高校担任保安队大队长。

所有这些，极大地提高了保安员的文化水平和素质，保证了保安队伍的稳定，更改变了保安员的人生观和价值观，甚至改变了他们的命运。

27 年后的今天，王桂明终于实现了自己“一流的大学必须有一流的保安”的理想。他倡导的“今天我以北大为荣，明天北大以我为荣”的精神，在每一名保安队员身上都得到了体现。

这些当初都是小学、初中文化的小伙子，如今成长为老师、律师、白领、乡长、IT 老板和职业经理……在离开北大保安队时，他们都有一个共同点，那就是将自己档案上的文化程度从“小学”改成了“大专”或“本科”。当人们问起他们是哪里人时，他们都会不约而同地回答：“我是北大出来的，我是北大人。”

一个人，两个人……更多的人，你从他们身上会发现，“不负北大”可以产生那么大的奇迹。

27 年，从青丝到霜鬓，把忠诚交给北大，一份爱，一世缘；

27 年，从激情到睿智，创立北大保安的品牌，一场梦，一辈子。

带领全体保安不负北大的王桂明，就这样守护着自己和北大的一生情缘。

王桂明曾荣立北京市保安服务总公司个人一等功 1 次、二等功 4 次、三等功 5 次、个人嘉奖 12 次，被评为“首都十佳保安员”“全国优秀保安员”“北京市先进工作者”“全国五一劳动奖章获得者”“全国十佳保安

员”“全国优秀农民工”“北京市公安局优秀共产党员”“首都保安事业发展30周年特殊贡献奖”荣誉获得者。熠熠生辉的荣誉、奖章，见证了王桂明辉煌的功绩和贡献，记录着他的公而忘私和恪尽职守，记录着他用自己的全部心血换得的一方平安。

这就是王桂明，他将永远坚守在“不负北大”的北大卫士的岗位上。

作者：高若虹

北京市保安服务总公司
丰 台 05268

马京敏 北京市保安服务总公司丰台分公司。2000年“北京市劳动模范”，2000年“第一届全国十佳保安员”。

平安的守护者

走进马京敏的办公室，办公桌上展开着一封信。他眉头微蹙，手点着信纸：“你看看，本来应该表扬我们的员工啊，他们又把我给写上了。我虽然亲临现场，但孩子们比我更突出啊！”这封信上这样写道：

丰台保安分公司：

我单位所聘用的你公司的保安员，多年来，在马京敏经理的带领下，积极配合我单位开展各项勤务工作。特别是历年来的清明节祭扫工作，全体保安员不怕苦不怕累，发扬连续奋战的精神，为我单位圆满完成每年的安全祭扫工作提供了保障。尤其是在7月20日，北京突降大雨期间，保安员们更是尽职尽责，在马京敏经理的指挥下，协助单位工作人员进行排水抢险，冒雨指挥车辆进出。

为此，我单位特对马京敏经理和驻勤保安员提出表扬。

北京市太子峪陵园

2016年7月23日

感谢信落款处盖着大红色印章。桌上还放着另一封感谢信，也加盖着大红色印章，日期是2016年7月22日，落款是北京北方车辆装备技术有限公司，也是表扬“7·20”大雨中马京敏带领保安员们奋力抢险的事迹。

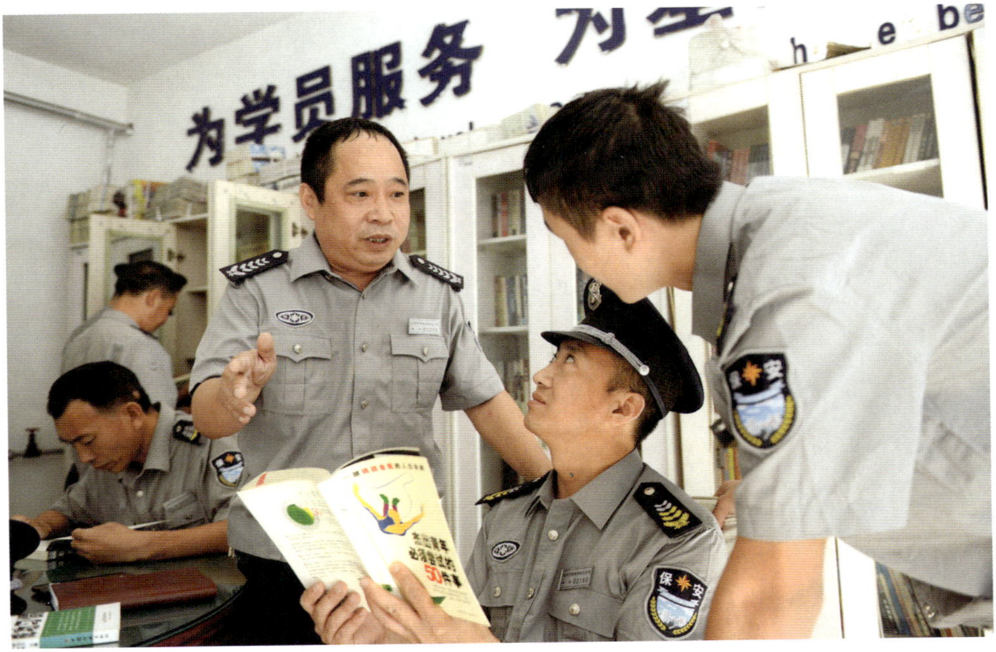

“队员们非常了不起。他们在暴雨中，用钢钎子把下水道井盖移开，加快雨水流速。大雨如注，水天一色。雨水没过了膝盖，标志牌不知被冲去何处。为防止路过的车辆陷下去，只要看到有车过来，保安员就马上举手示意拦截，其他员工赶快把井盖重新盖上。情况紧急时，伞都顾不上打开。”

获得荣誉，对保安员们来说已经习惯了。马京敏说：“现在通信发达了，多数表扬和致谢都是打电话、发朋友圈、上媒体，而送感谢信、送锦旗的少多了。要是前些年，感谢信多的时候，一天能接五六封。”他说，“不论哪种方式，每次表扬都是鼓励，我们都会戒骄戒躁，把工作做得更好。”

割舍不断的保安缘

1990 年，马京敏从北京武警总队十一支队退伍，脱掉戎装一个月后，穿上了保安服。从那时起，他就与保安结了缘，他当过保安培训军事教官，当过保安大队长。如今，他担任北京市保安服务总公司丰台分公司经理助理，兼第二项目部经理，分管公司第二、四、六、八、十项目部。

马京敏在部队时，训练就搞得非常出色，有一套切实可行的训练技法。丰台分公司组建初期，招进来的保安队员一定要进行岗前培训。当时急需军事教官，分公司领导首先就想到了马京敏。

严格要求是马京敏一直坚持的训练标准。除最基本的业务技能外，他非常重视“真刀真枪”地练习擒拿格斗。“我这一身武艺，都是跟马经理学来的。”第二项目部副经理张峰说。这名高大魁梧的山东大汉回忆道：“我 1992 年刚来北京时，就一直跟着马经理干保安，没有改过行，也没有换过地方，跟着他学到了不少真功夫。马经理为保安队伍培养了大量高素质保安员，培养好一批，就向社会输送一批。他们走上工作岗位后，都能恪守职责、一丝不苟，像军人一样豪迈，像警察一样气派。”

马京敏既当教练，又当排头兵。来了任务，他都要亲自带队，尤其是节假日和大型活动期间，总是积极配合公安机关和客户单位，把事情想在前面，把工作做在前面。比如在防火防盗方面，对灭火器、消火栓、水带、财务室的门窗，都要做详细认真的检查，发现问题，及时解决。不管是在中国人民

抗日纪念馆，还是在北京二七机车厂；不管是在太子峪陵园，还是在北京北方车辆智能设备技术有限公司；不管是执行园博园大型活动，还是每年“两会”期间的安全保卫工作，丰台分公司第二项目部都是叫得响、立得住的。多年来，与服务过的40多家客户单位合作得很愉快。

以前，马京敏特别喜欢游泳。干上保安后，他这唯一的业余爱好，也只能忍痛舍去了。“干我们这行，随时随地都会有新的情况发生，来了电话准有事，有事就是急事，万万耽搁不得。平日里，脑子里时刻都得紧绷着一根弦，一点也不能放松。我们规定，手机时刻都要带在身边，铃声响三下之前必须接听，我自己当然要身先士卒。”

国家财产的守护者

“钢渣山”位于首钢综合利用厂内，由冶炼剩下的钢渣堆积而成，方圆680亩。不法分子将这里视为“致富”的好去处，他们以收废品为名，采取各种手段疯狂偷盗，再转手卖给铁贩子，从中获取暴利。这给国家财产造成了巨大的损失，为企业的安全生产埋下了极大的隐患。“钢渣山”这里先后换了三四任保安队长，仍没能彻底根除这种现象。

当领导决定派马京敏去“钢渣山”时，他毅然接受了。自他上任后，那些不法分子就没得逞过，因此都对他既畏惧又痛恨。白天马京敏巡逻时，不法分子看见他身边无人，围上去就打；夜晚休息时，不法分子偷偷地向他的宿舍放枪，但他并没有退缩。

一天夜晚，执勤保安报告说，那些偷铁的人又来了，足有30多人，都拿着刀和棍子。闻讯后，马京敏和厂里的保卫科长立即赶往现场。刚到现场，就有人喊：“他来了，上去给我打。”话音刚落，一伙人就向马京敏和保安科长围过来，马京敏上去就放倒两个，当他准备转身对付身后的刀棍时，一根木棍重重打在他的右手上。他忍着疼痛，左手捡起一块“面包铁”，跟盗贼继续搏斗。好在队里的保安陆续赶来，才制服了这些盗贼。

在这次搏斗中，马京敏的右手拇指被楔开了缝，脑门也受了伤，血流不止；其他队员有的胳膊脱臼，有的门牙被打掉。但是，马京敏和他的队员们用血的代价，保住了国家财产，换回了“钢渣山”的平安，捍卫了保安员的尊严。马京敏的雅号——“黑猫警长”就是从这时叫开的。

马京敏虽然脱下了戎装，但军人那种雷厉风行的作风依旧。一次，马京敏接到群众举报，说有一群人正在哄抢首钢总公司专列上的“面包铁”。其实，根据职责分工，货场的治安不归他们管。然而，案情就是命令。他带领20多名保安队员赶赴现场，当场把已经从火车上卸下来的“面包铁”截获，并缴获作案用的三轮车、自行车30余辆。这也让他们得到了首钢总公司的通报表扬和奖励。

从外表看，马京敏是一个身强体健的汉子，其实，由于常年的劳累，食无定时，居无定所，他早就患上了糖尿病。医生嘱咐他要注意饮食和休息，他满口答应，可只要电话一响，不管是客户单位的事，还是保安队伍的事，他肯定第一时间赶赴现场处理。至于医生的嘱咐，早已抛到九霄云外了。

一天夜里，厂里的翻斗车倒钢渣时不慎起火。如果油箱爆炸，价值40多万元的推渣机就会报废。得知情况后，马京敏立刻奔赴火场，抄起灭火器就往上冲，和厂里的职工一起奋战。经过40多分钟的扑救，大火被扑灭了。推渣机保住了，马京敏的脸却被大火烧伤了，衣服也被烧焦了。事后，厂里授予他“工厂卫士”的光荣称号。

马京敏由于工作出色，多次受到上级政府的嘉奖。1996年，被北京市保安服务总公司评为“十佳保安员”，获得“首都十佳外来务工经商青年”光荣称号。2000年5月，被北京市人民政府评为“北京市劳动模范”。同年12月，被公安部、全国总工会、共青团中央评为“全国十佳保安员”。

积极向上的价值取向

马京敏虽然获得了很多荣誉，但对保安事业的挚爱并没有变。

马京敏姊妹6个，5个兄弟姐妹都在石家庄闹市区经商——开旅馆、开饭店、搞服装批发，每人每年收入都很可观，有人买了私家轿车，还有人在城里买了楼房。他们不知多少次在电话里跟马京敏说，保安工作既辛苦收入又少，有时候还得担惊受怕，不如回去跟他们一起经商，甚至还亲自到北京来劝他，希望他回石家庄给他们当保安部经理，月收入比他在北京多多了，年底还能分红。

然而，亲人的关爱远远抵不过他对工作的挚爱。对于一个从小就做“大檐帽”梦、高中没毕业就参军来到北京的马京敏来说，他的身心早就已经和首都北京融为一体。他割舍不掉与北京的情，割舍不下与保安的情。尽管兄弟姐妹盛情相邀，但马京敏始终未动心。在经商与保安事业的天平上，他选择了后者，他要在自己钟爱的保安事业上，实现自己的人生价值。

马京敏把时间和精力放在保安事业上，很少顾及家里的事。“干我们这行的，没早没晚。忙的时候，根本离不开，家里大事我管，小事她（妻子）负责。但从来没有大事，都是她全承包。”他回忆说，女儿6岁时患流感，高烧一直不退，当时他正在基层班队筹备和部署庆祝新中国成立五十周年重大庆典活动的安全保卫工作，时间紧、任务重，脱不开身。于是，妻子推着自行车，翻过“钢渣山”颠簸不平的坡路，把女儿送到卢沟桥医院输液打针。直

到女儿痊愈，他也没能抽出时间去看望女儿。“其实，她（妻子）身体也不好，但她非常理解、支持我的工作。”马京敏的话语中，流露出对妻子和孩子的歉疚。

在“忠”和“孝”的天平上，马京敏也是把最重的砝码放在“忠”上。远在河北老家的父母体弱多病，身边无人照顾。他多么想在双亲跟前尽一份孝心啊。可是，为数不多的几次探亲，都因工作忙而一推再推。即便是到了家，也待不了多长时间，单位一有事，他就马上归队。

一次，马京敏父亲病重，大哥来电话要他马上回去。当时，马京敏正坚守在工作岗位上，一边是责任重大的“两会”安全保卫工作，另一边是自己的亲生父亲，两面都放不下。最后，他作出了艰难的决定，含泪在电话里告诉大哥：“请转告老人家，‘两会’结束后，我马上请假回家。”

无私奉献的大者胸襟

马京敏的职位升高了，但不为金钱所惑的秉性并没有变。

当今社会，物欲横流。一些利欲熏心的人，时常会想尽办法，对领导干部进行拉拢腐蚀。马京敏时刻警示自己：“文官不爱财，武官不怕死。”他说到了，也做到了。在值守“钢渣山”期间，他亲自查获过一辆大卡车，卡车上的渣土下面藏着不少钢坯。车主害怕被移交处理，悄悄掏出 1000 元钱塞给马京敏，说：“一点小意思，你放了我，日后再给你 3 万。”马京敏不但严厉拒绝了他，还将他送到了保卫科处理。

在一次抓到盗窃嫌疑人后，一名铁贩子对马京敏说：“马队，你是这儿的头，你要是把人放了，我把摩托车给你。”说着放下摩托车和一个信封就走了。马京敏紧追没追上，回来一看信封里装着 5000 元人民币，于是连夜把摩托车和装着 5000 元钱的信封退了回去。

短短几年中，像这样的情况，马京敏就拒绝了 48 次，金额达 5.3 万元，相当于当时他 6 年工资的总和。

环境变了，但马京敏无私奉献的爱心并没有变。

随着社会的不断进步，人们的生活水平不断改善。马京敏自己的生活质量也提高了，但他没有忘记身边人。面对生活困难的下岗职工，他不吝资助；面对有困难的战友，他主动奉献爱心；面对生重病的员工，他倡议捐款；面对员工的家属生病，他会带着营养品登门问候；国家号召向“希望工程”捐款，他更是带头，把自己平时省吃俭用节省下来的 1000 元捐了出去。内蒙古凉城县儿童石玉峰因家境困难而失学，在马京敏的资助下又重返校园；承德宽城的一个农民的孩子上不起学，他便和这家一对一结对子，资助孩子上学，每学期开学前，学费一定到位，最终让孩子顺利地从小学读完了初中；马京敏荣获“北京市劳动模范”光荣称号时，丰台区总工会奖给他 2000 元，他转手就捐献给了“首都见义勇为基金会”。

马京敏如此慷慨，并不是因为他不缺钱。不知内情的人哪里会知道，他们一家在 7 平方米的小屋里，一住就是 10 年。每月就是那么点工资，一家人过着简朴的生活。但他很满足，总是说君子爱财，取之有道，不该得到的分文不沾，不是正道上来的钱，花着也不踏实。别看他对贫困人家如此慷慨，对家人却非常“吝啬”，他要求自己的孩子，生活要节俭，工作要努力。

现在，马京敏告别了居无定所的工作环境，在公司办公楼里有了自己的办公室。环境变了，但他那种劳动人民的本色没有变。见到马京敏时，他胳膊上的一块青紫斑块十分显眼。“前两天拖地，不小心撞的。”他说。其实，办公楼里有专门的保洁人员，可马京敏却坚持自己拖地和整理杂物，“我自己能干的事，就不麻烦别人了。”

与员工情同手足

马京敏从一个农村娃，成长为掌管六七百人项目部的经理。他的地位变了，但以情带兵的本色没有变，始终用真情实意关心爱护着自己的员工。

员工中外地人很多，子女在京入托、入学和就医往往比较麻烦，有的需要户口本、出生证、独生子女证或学前教育证明，有的需要父母的身份证、暂住证、劳动合同，有的甚至要提供购买养老保险的凭证。初来乍到的保安员对此根本摸不着头脑，常常被弄得力不从心。

不论哪个保安员遇到这类事情，马京敏都主动给他们想办法、提建议，有时候还亲自出马，陪着他们带着孩子去医院、去学校、跑机关，一去就是大半天，直到把事情办妥了，他才会放心回去。

一次，马京敏在家刚端起碗吃晚饭，就有人报告说，保安员赵宏利病了，疼得在床上打滚。马京敏二话没说，放下碗筷，骑上三轮摩托车，赶到中队驻地，亲自把赵宏利送到卢沟桥医院。他扶着赵宏利进行检查、采血、验血，还掏出当天下午刚发的工资垫付了住院费。第二天，马京敏带头发起为赵宏利捐款献爱心的活动，全队员工向赵宏利捐款 1547 元。事后，赵宏利的父母从东北专程赶来致谢。他们握着马京敏的手说：“本来我们打算让赵宏利离开保安队，找个挣钱多的工作。现在我们想好了，就让他在这里好好干，用行动来报答大家的救命之恩。”

“马经理不是我亲哥，但他胜似我亲哥。”丰台分公司第二项目部副经理张峰说，“说句心里话，有些事，我的亲哥亲姐都想不到、办不到，但他都能做得到。在纪念世界反法西斯战争胜利七十周年的时候，我们连续承担了两个大型活动的安全保卫任务，正在忙得不可开交的时候，我母亲得了病，很重，要我回去。这个节骨眼上，一个萝卜顶着一个坑。我没跟任何人说，也没请假，把对母亲的惦记埋在心里，在岗位上坚守着。事后，马经理带上营养品，让我带路，亲自开车奔行600多公里赶到我山东老家，看望我还在住院的老母亲。只要想起这件事，母亲就嘱咐我‘一定要跟着马经理好好干，这样好的领导上哪找去呀！’”

大年三十晚上集体会餐，岗位上一个人都不能少。马京敏决定让全体中队长以上的干部至项目部经理上岗值班，队员们就回队里团聚，一起吃年夜饭。队员们激动地说：“有这样的好领导带头，我们干活心甘情愿！”

马京敏经常接到离开保安队伍几年或者十几年的老队员的问候电话，尤其是节假日期间，问候经常接连不断。项目部统计员说：“一次回老家，一位中年人听说我在马经理的项目部，兴奋得像遇到了知己，拉着我的双手说

'马队长是好人。'"原来，那人离开保安队伍的时候，马队长不仅给他买了车票，还把他送上车，嘱咐车上人多，随身物品一定要当心，当时他感动得眼泪都下来了。

马经理，真牛气，抓工作他不客气。

下班队，勤检查，发现违纪就严罚。

行得端，立得住，孬包见他就犯怵。

对下属，很热心，嘘寒问暖跑得勤。

把员工，当亲人，开起玩笑好天真。

对自己，无所谓，带病工作不喊累。

这是员工编的顺口溜，也是马京敏的真实写照。

刚走出马京敏的办公室，就听见外面锣鼓喧天，热闹非凡。原来，两位英俊的小伙子高擎着锦旗，在众人的簇拥下向办公楼大门口走来，吸引了许

多路人驻足观看。锦旗，红木为轴，四周镶着金黄色的流苏，鸡血红的丝绒布面上，金黄色大字苍劲有力，在阳光下熠熠生辉：

佑百里福祉

保一方平安

作者：刘卫华

保安

张 杰 北京市保安服务总公司开远分公司。2000年“第一届全国优秀保安员”，2005年“北京市劳动模范”。

首都保安的楷模

北京市保安服务总公司开远分公司第三项目部经理张杰是一名参加保安工作 27 年的老同志。他曾经多次拒绝高薪聘请，始终保持着对保安行业的一份忠诚，撇下妻儿，舍小家、顾大家，一干就是 27 年。初次与他交谈时，这位已经 49 岁的山东省东平县的汉子面带腼腆，羞于表达，一副憨态。谁能想到，面前的这个人是从基层保安队伍中走出来的北京市劳动模范？

今年八九月间，我曾几次采访张杰，而他也把从事保安工作20多年的人生经历列了长长的一个表。但是，很多故事都被他简化了，幸亏他的下属和从前的老友帮忙注解，才使得采访变得生动有趣。张杰是典型的会干不会说的那种人，或许正是凭借这种当前社会最奇缺最伟大的宝贵品质，他才赢得了下属、同事、客户和社会群众的高度赞誉。

有骨气的中国人　有血性的首都保安

1989年12月，张杰来到了位于北京酒仙桥9号的北京市保安服务总公司开远分公司驻松下彩色显像管有限公司，成了一名最普通的保安员。在这里，他一干就是23年。

在松下彩色显像管有限公司的23年里，张杰几乎没有回家过过年。每年回家也只有一次，最多不超过一个月。女儿和儿子出生时，他在单位；女儿上大学报到时，他在单位；儿子考上县重点中学时，他在单位。23年间，妻子只来过北京一次，以先进保安嫂的身份被公司邀请，住了两天就回去了，而孩子从没有来过北京……

这就是张杰，一个寻常又不能不让人佩服的人！

面对这个已经步入中年的保安，难以想象他在一个吃住条件一般、待遇一般的单位苦守23年，远离父母妻儿，从青年走向中年，这需要有多大的决心和毅力啊！虽然跟张杰沟通起来不那么轻松，很精彩的故事由他讲起来也变得平淡无味，而且还夹杂着山东口音，只能是不停地猜、猜、猜，可这绝不影响对他的敬意。

张杰在来北京当保安之前，很想去当兵。20世纪80年代末，农村想当兵的人很多，没有一技之长，几乎没有希望。张杰所在的村子有3000多人，他想了想，就自动放弃了。他也学过两三年木匠，水平估计也仅限于钉个板凳之类的。1989年冬天，开远分公司到张杰所在的村子招保安。当时，对于这个闭塞的村子来说，简直是破天荒的一件大事。本来那时外出打工的就少，像这种直接到村里招工的就更难得一见了。听说是到北京，张杰很兴奋，决心去闯一闯。临走那天，张杰的父亲只在大门口说了一句“到北京好好干”，就转身进院了。

“当时与保安公司签合同，一般人都先签两年，张杰直接签了3年，就想在北京多干几年。”老部下张茂勇直言。

北京松下彩色显像管有限公司虽然来头不小，可因为是新建企业，条件可以说相当恶劣。当时的酒仙桥地区基本上处于未开发状态，圈的这三四百亩地都是荒地，四周的铁栅栏只有一米多高，外面也是草丛、树林，周围人很杂。1989年，公司一期工程刚刚完工，很多配套建筑都没有完成，二期、三期还在筹划当中，里里外外人来人往，保安与建筑工人都住在临时搭建的两排小砖房里。外面人从铁栅栏外跳进来偷自行车，个别工人夹带建筑材料、脚手架，甚至有人偷电视机元件……对付各种各样的内贼外盗，保安队的工作很有成效，很快就在客户单位内树起了品牌。身为队员的张杰不显山不露水，干什么都踏实本分、不辞辛苦，他的踏实让队友、公司和客户放心。

随着松下二期、三期工程的相继完工，企业职工由最初的四五百人增加到了两三千人，后来一度达到了近六千人，保安队人数也由原来的34人增加到了58人。1994年6月，张杰正式成为松下保安队“一把手”，松下保安队由此迎来了长达18年的“张杰时代”。在他的任内有3位保卫科长退休，3位日方经理离职，几百名队员来来去去。

张杰刚到松下保安队时，北京松下的日籍高管只有8人，剩下的都是中国人，除了十来个高管之外，几千人都是车间职工。日本企业管理非常精细严格，而保安队是其中的一个重要环节，必须对出厂的人员、车辆严格检查，防止夹带偷盗行为，保障企业生产秩序。客户单位是专门生产彩色显像管的企业，在当时的中国，这方面的技术尚处于起步状态，市场需求很大。而有些电子元器件体积很小，便于藏匿、携带，拿到市场上就可以当作半成品销售，价格不菲。比如，用于连接电视天线的高频头，只比火柴盒大一些，拿到社会上一个就可以卖六七十块钱；偏转线圈，体积也不大，价格更贵，里面的一个废铜也能卖到五六十块钱。在利益的驱使下，有的人借工作之便，利

用各种手段偷盗；有的人小偷小摸，一次在包里藏上两三个；有的人里外勾结……可以说绞尽脑汁。

张杰对这种行为非常反感，无法容忍。一方面是自己职责所在，另一方面，他觉着这种做法就是给中国人丢脸。张杰的奶奶和母亲都是老党员，他从小受的就是这种传统的党性教育，做人就得有骨气，不能做让别人瞧不起的事儿。张杰严谨负责的工作态度招致了少数别有用心者的侮辱和谩骂，有些人骂他是“汉奸”“日本人的看家狗”，不配合检查的更是大有人在。张杰并不在意这些，就是要坚决做到按照规定办事。身为保安队长，他知道一个成熟的公司必须有自己的管理规定，决不能肆意妄为，必须严格管理；而身为一个中国人，张杰觉得必须让日本高管对保安队刮目相看，不能没有尊严。他对我讲起一件事，他说这件事深深感染了他，让他永生难忘。

有一次，单位一位复转军人因对自己期望太高，对现在工作状态不满，结果从家属楼四层跳楼自杀。张杰第一时间赶到现场，当时人还没有死，他立即打 120，并陪护着救护车将伤者送到医院，后来抢救无效死亡。死者的哥哥是一位部队军官，对张杰非常感激。松下准备给的几万元抚恤金不料竟被他婉言谢绝了。他说，这是我兄弟自己的过错，跟企业无关，这钱我不能要。日本高管感到非常惊讶，他们没想到这位军官会有这样的态度，不可思议地摇着头。这位军官对张杰的触动很大，他说，这才是真正有血性的中国人，我们都应该向他学习。

张杰用自己的工作表现赢得了日方对自己的尊重，但他对领导从不卑躬屈膝。

2000年夏天，一批日本大学生要来厂里实习，因为没有地方住，日方要保安从家属楼三楼搬到地下室住。当时，地下室根本不具备居住条件，没有水，没有电，没有厕所。张杰对日方经理说："这种条件我们不能住，不会搬。"日方负责人说："我们可以在三楼给你单独留一间办公室，条件安排得好一点，让队员下去住。"张杰严词拒绝："那更不行，要住我就和队员住一块，不能搞特殊。"后来日方只好妥协，花了几十万元对地下室进行了装修。具备居住条件后，他才带领保安队搬下去。

这件事过后，日籍高管给予了张杰高度评价，只因他有中国人的骨气，有首都保安的血性。

处理纠纷的典范　保安队的救火队员

"保安队的事儿非常杂，防火、防盗、各科室杂活、处理各种矛盾纠纷，大事小事全离不开保安，而张杰就是处理纠纷的典范，大家伙儿的救火队

员！”这是老部下张茂勇道出的一席话。

这话不假，在张杰提供的材料中，几十件各种各样的事都少不了他。而这些事仅仅是他能够想起的，由于早期材料没有留存，后来电脑出故障又丢了一些材料，很多事情已经很难想起来了。但仅从这些资料中，也能看到他在松下二十多年不停忙活的情景。

偷盗，这是一些生产型企业或多或少都会遇到的问题，松下也不例外，保安队的第一任务就是要和偷窃行为作斗争。回放到 1999 年 8 月，当时职工宿舍院内接连发生摩托车被盗案件，影响很恶劣，张杰亲自带领 4 名队员顶着蚊虫叮咬进行蹲守，一直守了半个月，终于把犯罪嫌疑人抓获。经过公安机关审讯，由此破获了一个多地流窜作案十余起的专门偷盗摩托车的团伙。

2005 年 8 月 16 日晚，张杰带领几个巡逻队员检查时，发现天然气罐区的一堆生活垃圾里隐隐约约露出一个箱子，把上面的垃圾清理掉一看，里面总共有 4 个箱子，装的都是偏转线圈，价值足有五六万元，在场的人都震惊了。随后，张杰带着两名队员整整蹲守了一夜。第二天早晨 5 点多，他们发现一辆垃圾车从外面开了进来，两名清洁工把垃圾和 4 箱东西都装上了车。车开到大门口时，被保安拦了下来。经保卫科调查后，两人承认是和一个内部人员勾结，准备将这些东西拉出去变卖分赃。

2005 年 8 月，客户的车间电梯发生故障，一个维修工被派来修理，结果因操作失误从二楼掉下来当场死亡。张杰接到通知后，立即带领几名队员赶到现场。维修工被夹在楼的夹缝当中，血肉模糊，场面很惨。张杰拿着绳子亲自到底下把人绑好，让上面的队员拉了上去，之后又将其送到医院太平间。家属来到单位讨说法，张杰安慰家属说："这件事维修公司有责任，他本人也有责任，既然人已经没了，不如和单位再协商协商。"最后，单位同意给死者家属 3 万元抚恤金。

"1999 年 1 月 9 日晚上，我们扑灭了一场火。日方经理特意到保安队表示感谢说，'如果没有你们，后果真不堪设想'。"的确，当时是一个生产车间着火，因为电线短路，火烧得很大，里面全是金属材料、外包装、泡沫，还有防护油之类的东西，火势随时都有可能向其他车间蔓延。“我接到报告后，赶紧带着所有备勤队员冲了进去。”每次讲到细节，张杰都习惯简单表述。“当时里面烟很大很呛，张杰队长一直冲在最前边。我们分了两拨，一拨灭火，一拨抢运产品，估计救了有一个多小时，挽回经济损失近百万元。”他的部下补充说。

在张杰的“年谱”中，我还偶然获悉了两个故事。

2002 年 9 月 7 日上午，张杰在队部值班，这时巡逻队员打来电话，说生活区一号楼九层着火了。张杰立即带着备勤队员，拿着灭火器赶往现场。此时，九层的窗户浓烟滚滚，楼道内全是烟，十多名职工家属在外边急得团团转。张杰命令所有队员找块布，用水沾湿后捂上口鼻，然后带头冲向火场。可到了九层发现事主家的门锁着，人根本进不去。情急之中，张杰只好将门撞开，里面的家具、沙发都已经烧着了。经过 20 多分钟的扑救，火终于被扑灭了，避免了更大的损失。原来，事主出门前忘了关灶具，引发了火灾。事主一家回来后，第一时间就赶到保安队致谢。

2004 年 5 月 11 日中午，张杰在队部休息，突然一位 60 多岁的老大爷气喘吁吁地跑过来说：“张队长，快帮我打 120，我老伴好像中风了……”张杰拨打电话后，立即带上几名队员跟着老大爷跑出队部。老大爷家住在家属楼十一层，子女都不在身边。进了屋后，张杰看到老大娘躺在床上，脸色苍白，说话已经不利索了。没过多久，救护车来了，由于老大娘情况危急，必须立即施救，张杰和队员按照医生要求，用担架把老人从十一层抬了下来。由于抢救及时，避免了最坏结果的发生。事后，老大爷带着女儿到保安队致谢，并从兜里掏出 200 元钱，语重心长地说：“那天没有你们，我老伴可能就没命了。钱不多，就算是我们全家的一点心意吧。”张杰推却了半天，老大爷只好作罢，含着热泪说：“真是太谢谢你们了！”

各种荣誉接踵而来　感恩组织真情关怀

张杰的忠诚和敬业早就在公司出了名，组织对他也格外重视。1996 年年底，他被北京市保安服务总公司系统评为“十佳保安员”，并连续五年荣获总公司个人二等功。2000年，他被公安部、全国总工会、共青团中央联合评为“全国优秀保安员”，2005年被评为“北京市劳动模范”。

在这个现实得不能再现实的社会，张杰用自己的忠诚回报着组织对自己的信任，默默履行着平凡保安的职责。“造物先造人”，张杰用自己的行动诠释了这个理念的精髓，让身边的每一个保安员都感激有加。1997年，张杰通过希望工程资助了内蒙古突泉县哈拉沁乡的小学生张丽丽，直到其初中毕业；2008年，汶川地震发生后，张杰从工资中拿出500元钱捐给了灾区，后来又捐出特殊党费2500元。一个河南籍队员离队一年后，给张杰发短信说：“张队长，在你手下我学会了如何踏实做人、踏实做事，我现在自己开了一家加工厂，我一直在用你对我们的方式对待员工，谢谢你，我的队长哥哥！”

在张杰的办公桌上，我还看到了一个发旧的相框，里面是他们四口之家，女儿看上去有十来岁，儿子只有五六岁。在相框的底部，有两处明显的手印。我拿起相框，看了看。张杰对我说，这个全家福有十多年了，是有一年夏天

他回去探亲时照的，儿子当时五岁。

从离开家门那天起，张杰就没有在家里过过年。每年大年初二、初三是走亲戚、看岳父岳母的日子，但张杰从没有在这个时间回去过，都是妻子唐秀华一个人回去，有时妻子也会委屈地偷偷哭。1999年夏天，张杰的妻子和父母到地里干活，只有五岁的女儿一个人在家。女儿口渴要去倒水，结果把桌上的热水瓶打翻了，一壶开水全洒在了女儿的脚上。幸好女儿撕心裂肺的哭声被好心的邻居听到，邻居及时把在地里干活的妻子叫了回来，送女儿去了医院。张杰听到消息后，因为当时工作忙，也没有来得及回去，事后得知女儿整整卧床两个月才痊愈。

张杰说，自己很少落泪，工作上多辛苦，自己都能承受，但有一次他还是忍不住哭了。那是2004年7月，已经一年没有回家的张杰踏上了回家的路，在村前那条熟悉的小路上，他看到了妻子和儿子在路口等着自己。因为长期不在家，儿子对他这个父亲很陌生，见到他后，本能地躲到了妻子身后。在妻子的一再哄劝下，儿子才怯生生地管他叫了一声“爸”，这让张杰心里很不是滋味。一个月后，他好不容易跟儿子混熟了，却又要走了。临走的时候，儿子扯着他的包，哭闹着不让他走，说自己不想上学了，想跟爸爸去北京。妻子哄了半天，儿子也不听，最后只能打他两巴掌，硬生生地抱回了院，可儿子哭得更厉害了。看着这一幕，张杰的心像被刀扎了一样，眼泪再也止不住，顺着脸颊往下流。

27年，对孩子来说，张杰似乎就是一个陌生人，一个过客。每次短暂的停留之后，总是伤心的离别。为了生活，为了工作，张杰日复一日、年复一年重复着这样伤心的情节。

2006年7月的一天，张杰的父亲突然中风，幸好抢救及时才保住了性命。忙完了工作，张杰才回去探望。临走的时候，父亲颤颤巍巍地把他送到大门外。张杰对我说：“以前那么多年，我每次探亲离开，父亲都不太在意，这次送我到了门口，他却哭了。我当时觉得自己陪父母的时间真是太少了。”2007年的一天，张杰的父亲意外摔倒，再次引发中风，卧床不起，张杰当时也未能在第一时间回去。张杰说："我妻子很孝顺，在伺候老人上从无怨言，她和我母亲之间从未红过脸。"2008 年奥运期间，张杰的父亲病情开始加重，妻子给张杰打电话说："爸这几天，天天晚上一个人偷着哭，你这二十几年来，每年在家最多只待一个月，爸老了，他可能很想你！"奥运安保任务结束后，张杰赶紧回家探望，但就在他准备返京的前几天，他的父亲去世了。去世前，父亲一直拉着张杰的手，因为病重无法说话，只是呆呆地望着他，似乎有很多话要说。

27 年，就这样过去了，张杰已经从青年走向了中年，已经从原来的一名普通保安员成长为全国优秀保安员、北京市劳动模范。他的话非常实在："原来我就是想在北京多干几年，没想到一干就是 27 年，随着各种荣誉接踵而来，让我更加感恩组织的真情关怀，我一定会坚持下去！"这就是一个首都保安的真切语言。

多年来，张杰作为首都保安楷模，率领他的 600 多人的项目部协助公安机关查破各类刑事案件 30 余起，抓获盗窃摩托车、自行车和消防器材等犯罪嫌疑人 53 人，扑救火险 60 余起，排除各类安全隐患上百起，查扣各类物品 1500 余件，为客户挽回经济损失 390 余万元，做好人好事 400 余件，收到表扬信 50 余封，拾金（物）不昧 50 余次、价值 20 余万元。

就是这样问话采访式的记录，印证了张杰 27 年的工作历程。采访过程中，我常常听到这样一句话："用张杰手下的兵，我们放心。"这句大实话，是客户单位领导对开远分公司的评价，同时也是对张杰工作的认可。

作者：赵德印

杨文山 北京市保安服务总公司宣武分公司。2000年“第一届全国优秀保安员”。

03707

大杨，好样的！

太阳还没升起，他已经出发了；夜幕降临时，他仍在忙碌着。这不是一天，也不是一年，而是整整19年。一年365天，他有300多天吃住在岗位上，白天查遍医院地面上的每一个井盖、每一棵树木花草，夜晚巡查医院内每一间房门和消防栓，然后和衣躺在沙发上。他，就是北京市保安服务总公司宣武分公司驻友谊医院保安班班长杨文山，医院2500多名职工都知道他，

都亲切地喊他“大杨”！

杨文山，男，47 岁，河北冀州人，退伍军人，中共党员，1997 年参加保安工作。参加工作以来，他先后荣获个人二等功 1 次、三等功 4 次。2000 年被评为“首届全国优秀保安员”。2013 年被北京市保安服务总公司评为“优秀共产党员”。他所带的班荣获集体二等功 3 次、集体三等功 5 次。19 年来，他排除重大安全隐患 68 起，制止因医患纠纷引起的斗殴 185 起，抓获犯罪嫌疑人 33 人。

大杨干小事，把小事干出了名堂

1997 年 11 月，杨文山从河北冀州老家到宣武分公司驻友谊医院保安班当保安。首都医科大学附属北京友谊医院原为北京苏联红十字医院，建于 1952 年，是新中国成立后，由斯大林元帅和毛泽东主席亲自商定、苏联政府和苏联红十字会援助、党和政府在首都建立的第一所大医院。

刚刚派驻到友谊医院时，偌大的医院只有 5 位保安员，面对的却是 9.4 万平方米的区域、纵横交错的各式建筑和各种治安隐患。到这里工作不久，就有人打了退堂鼓。提到这件事，杨文山憨憨一笑，说：“真正军人的字典只有这样的字眼‘冲锋，冲锋！’”

是的，杨文山曾经是一名解放军战士。他于 1986 年 10 月入伍，在部队里曾被评为“优秀士兵”，当过班长，还光荣地加入了中国共产党。在部队这座大熔炉里，他整整锻炼了 5 年，在他从戎的最后两年，组织为留住他这个骨干，专门让他学习了厨师技术，以便日后转为志愿兵。在学习厨艺的那段时光里，除了在工作时间跟着师傅学活外，他每天切土豆 300 多斤，一有空就把沙子放在炒瓢里翻炒，最终拿到了三级厨师证书。1991 年 10 月，中央首长到北京军区视察时，杨文山还专门为首长做了一顿丰盛的午餐，受到了首长和北京军区领导的好评。正当杨文山憧憬着在部队转为志愿兵、将来吃商品粮、娶个城里媳妇等美好前景时，却因部队改制遗憾地离开了部队。

退伍不褪色。部队不服输的顽强拼搏精神成了杨文山生命中的一部分，他带着军人情怀加入了首都保安队伍。在工作中，杨文山责任心强、身体素质好、办事干净利索，很快就成为公司的骨干。半年后，整个医院的布局都被他掌握得一清二楚。

也就在这个时候，负责医院每天开、锁门的师傅因西药库药品丢失而被辞退。此时的杨文山已经取得院方的高度信任，经医院保卫处呈报、院领导同意后，院方把这个光荣而艰巨的任务交给了他。

“疯了吧？把全院所有门锁的钥匙交给刚来医院不到一年的小保安？万一他监守自盗怎么办？”

“哪一个保安？就是一整天低着个头，像到处捡钱的那个又黑又瘦的大个子？看着倒挺实诚的，真正有了点权力后，也不知道会怎么样？”

“走着瞧吧，干保安这一行，一定干不长。说不定哪一天就会卷铺盖卷走人，甚至比之前的师傅还惨！”

一时间医院上下议论纷纷，许多人对杨文山投来怀疑的目光。那位因药房被盗而被辞退的师傅，把装有半挎包钥匙的电工包扔到杨文山脚下，愤愤地说：“教会徒弟，饿死师傅，你自己看着办吧！”然后，摔门而去。

杨文山愣了一下，没有说话，眼看着那师傅消失在了楼门的拐角处。他感到了莫大的压力。这压力不仅来自医院领导信任的目光，也来自一些人的言语。

“一支军队要具有一往无前的精神，要压倒一切敌人，决不向任何敌人屈服。在任何艰难困苦的情况下，即使只剩一个人，也要继续战斗下去。”这段话激励着杨文山，让他咬紧牙关，把这项任务承担了下来。

此后，他开始了钥匙和房锁的一一比对工作，对上一个标注一个。经过两个多月的比对，医院 200 多个房间的钥匙全部对上了号。有些公共空间的房门需要每天上班提前开启，下班准时上锁，杨文山反复琢磨，最终根据开启和关闭的时间，以及房间的地形地貌，绘制了开闭房门的路线图，有的要逆时针走，有的要顺时针走，有的要上下两个楼层结合着走。经过半个多月的反复试验，开启公共空间房门的时间由原来的近 2 个小时缩短为 40 分钟。

房门的房锁打开了，但是，一些医护人员的心锁还没有打开。有个医生听说杨文山握有自己诊室的钥匙，很不高兴地直接找到院长刘建问："我们诊室的钥匙怎么会让一个小保安拿着？"刘院长倒也没有对这位医生客气，耿直地说："我办公室的钥匙他都有，你那诊室有什么保密的？"

时间是证明一个人的最好方式。半年之后，医院上下都知道有个保安叫杨文山，掌管着所有办公室的钥匙。这时，再没有闲言碎语，有些人甚至不再带钥匙，开门直接找杨文山。此时的杨文山，已经练就了非凡的本领，医院 200 多个房门对应的每一把钥匙都烂熟于心，做到了一把抓、一摸准。为此，他也得了这样的一个绰号——"医院大总管"。

医院领导和职工的信任给了杨文山无穷的动力。只要医院职工有需要，他就力所能及地给予帮助。无论天花板进蝙蝠，还是地下室里进猫，甚至热水管道爆裂，他都会第一个赶到现场。后来，医院领导干脆给他配了一台寻呼机，尾号是 113。"有困难请寻呼 113"，在友谊医院成了一种流行，"113"也成了杨文山的代名词。当问起在友谊医院的这段时光时，杨文山的脸上洋溢着幸福，眼神好像穿过时光的隧道，又回到了那个忙碌而快乐的时代。

小事是大事的基石，大事是小事的升华。初中没有毕业的杨文山正是从平凡的小事耐心细心做起，赢得了教授、研究员如云的友谊医院上上下下所有人的信任，同时也收获了自己的爱情。2000 年，他通过朋友介绍，和友谊医院临时工荣启兰结为伉俪，第二年便有了他们爱情的结晶。

维护医院的良好就医秩序就是拯救人的生命

大杨近二十年如一日，默默地为医院的正常运转作贡献。友谊医院作为一家大型三级甲等医院，地处城市繁华地带，人流量每天都在 3 万人以上，平均每天车流量、人流量堪比汽车站、火车站。尤其一到雨天、雪天，院内的交通就成了一个大难题。医院的每一条道路，都是抢救病人生命的通道，绝对不能容许拥堵。为了保障伤病人员的及时治疗，医院各个片区的保安不论严寒酷暑、不分刮风下雨，时刻保持医院内外交通秩序良好。他们耐心劝导车主将车辆停放在合理的位置，疏通堵塞的路段。

说起这事，宣武分公司管理部主任祁永强说，杨文山身上好像有一股使不完的劲儿，要让他在办公室里多坐一会儿，就像让他坐牢似的难受。别人三个月磨烂一双鞋，他最多一个月。冬天还好说，一到夏天，他的衣服好像从来都没有干过。一看到医院车多了、人多了、拥挤了，他的心里好像长了

草似的，一个劲儿地向人窝和车窝里扎，一面用手比画，一面以心交流。看他那样子，他比医院的院长都着急。

杨文山对友谊医院确实有很深的感情，一提到友谊医院就兴奋。从不到30岁就在这里工作，现在已经快50了，这里的一砖一瓦、一草一木他都熟悉，这里的每一个房间、每一个通道他都去过，这里的一切他都如数家珍。不过，从杨文山黝黑苍老的脸上，也能看到他工作和生活的艰辛。他和妻子的收入每月仅有7000余元，上有七旬的老母需要赡养，下有正在上初中的儿子需要抚养，还在北京租了一间十几平方米的半地下室居住，老家的宅院由于年久失修早已经坍塌。比收入更可怜的是他的工作环境，在医院工作，很多时候他的善意与微笑换回来的却是患者家属的冷眼和唾骂。据说，几年前，他被围攻医生办公室的医闹打伤过。说起医闹，杨文山义愤填膺地说："打砸医院、攻击医生的人太不理智了，没有医院，没有医生，有了病谁给你看呢？"

驻友谊医院保安队的分队长张起说，北京友谊医院较大的医闹事件一般每月就有两三起，多时有五六起，作为保安班长的杨文山都会在现场配合医院领导开展调处工作。谈起医闹，院长刘建举了一个让杨文山彻底没有了脾气，甚至是束手无策的例子。刘院长说，有一个老太太，因为对手术不满意，有一段时间天天到医院来闹。她闹得很特别，拿着一个破盆当锣敲，长哭一声，敲一下脸盆，令人啼笑皆非。"她没有什么更多过激的行为，就是拿个盆一直敲。这还不能算一个真正意义上的'医闹'，但确实是够闹心的。"对于这种情况，杨文山只能跟在这位老太太的后面，任凭她随便撒气。一到僻静处，他就小声地规劝，一个劲儿地大妈长大妈短地叫，一直叫到这位老太太乖乖回去才罢休。

张起还给笔者讲了这样一个故事。2014年4月12日，重症监护室来了一名年老的患者。过了不大一会儿，突然来了15个人，非要硬闯重症监护室。他们吵着嚷着，要找老人立下遗嘱什么的，说是老人万一去世了，家中财产不好分。按医院的规定，非探视时间重症监护室是不能让家属进入的，即使探视时间患者家属也只能一次一人进入。当时的值班保安立即上前劝阻，可是那些家属似乎越劝阻越起劲，越劝情绪越冲动，有的口吐脏字骂了起来，有的甚至推搡了阻拦他们的护士。无奈之下，值班保安电话报告了班长杨文山。杨文山一听重症监护室门前有人想闹事，二话没说，带领十几名保安来到现场。

重症监护室门前吵吵嚷嚷，一片狼藉，烟头扔了一地，一个患者家属正揪住一名护士的衣领辱骂。无助的护士低着头，用手护着头，左躲右闪。见此情景，杨文山高声断喝："住手！有事冲我来！"

患者家属不知是被杨文山这正义的声音吓到了，还是被杨文山带来的十多名保安吓怕了，立刻停止了吵闹，那位揪着护士衣领的患者家属也松开了手。接着，杨文山一挥手，十几名保安齐刷刷地站在重症监护室的玻璃门前，组成了重症监护室门前的一堵人墙，把患者家属和那位受气的护士隔开了。

杨文山走到带头闹事的患者家属前，大声说："我不知道在你们的心目中，是老人的身体健康重要，还是你们所谓的财产分配重要。钱没有了，你可以去挣，人没有了，你们到哪里去找？医院不是菜市场，想来就来，想走就走。医院也不是专为你们家开的。国有国法，院有院规。你们这么多人为了点财产大闹医院，传出去会让人笑话的！还有，我相信，你们来这么多的人，不光是为财产分割来的，主要还是因为老人生病着急来的。你们想想，万一今天你们闯进重症室，不但让老人立不了遗嘱，还有可能产生极为严重的后果！"

一席话下来，杨文山口干舌燥，背上的汗珠洇湿了制服。在场的患者家属被杨文山的这些话触动了，有的羞愧地低下了头，有的相互使个眼色后默默分散开。

医院保安就是要保证医院的安全

作为共产党员的杨文山，不仅平时能做得到，更重要的是关键时候能站出来。当火灾来临时，他勇闯火场，玻璃爆裂在他的手臂上，划出了十多厘米的口子；当小偷猖狂时，他挺身而出……

说起2007年正月初七一场不大的火灾事故，杨文山心中即刻充满不安、同情和无奈，眼眶立刻湿润起来，喃喃地说："人的生命太脆弱了，那位负责清理生活垃圾的老哥不该走那条路……"

在友谊医院西侧围墙中部几块建筑挡板的中间，一位个头不高、瘦弱的老人孤独地生活着。他与友谊医院签有协议，主要负责捡拾医院的生活垃圾，比如丢弃的泡沫盒、破纸箱、酒瓶等破旧物品。医院同意他在围挡处搭建一个简易的小房，布置一些基本的生活设施，比如睡觉的床铺、洗漱的用具等。可能是天太冷了，也可能是太孤独了，他在节日期间偷偷地扯来电线安上电暖气，然而，他忽视了在电暖气上烤湿衣服的危险性。

2007年正月初七17点10分左右，正在备勤的杨文山突然接到了生活垃圾站着火的报告。火情就是命令，杨文山披上大衣，一边招呼着队员，一边往着火的生活垃圾站跑。

杨文山赶到现场后，发现整个简易房成了巨大的蘑菇云，浓烟滚滚，周围楼房里的患者家属纷纷抻着脖子往这里瞧，那位老人号叫着，用棍子敲打着不时出现的明火。塑料制品、碎纸烂盒子、木棍子等易燃物借着风势左奔右突，疯狂叫嚣。杨文山一边命令一个保安员到附近的配电室关掉了电源，

一边就地取材，用沙子、水和灭火器与火魔展开了殊死搏斗。生活垃圾发出的恶臭和塑料燃烧的刺鼻气味，向杨文山和他的队员们袭来；热浪、尘土和黑灰组成一个个帷帐将他们包裹。他们全然不顾，只有一个念头，尽快将火魔扑灭，尽量将损失降低到最小限度。10分钟过去了，20分钟过去了，备受烟熏火燎的杨文山等人一个个成了泥猴。等消防车赶到的时候，火势基本得到控制。消防员清理火场时，惊出了一身冷汗，简易房内一堆木棍的深处掩盖着两大桶油漆，而病房楼就在几米开外，如果火势得不到及时控制，两大桶油漆发生爆炸，后果不堪设想。

清理完火场，杨文山准备找那位捡拾垃圾的老人了解情况，突然听到身边的人员“哎哟”一声，抬头一望，那老人从医院楼顶坠落下来。原来，那位老人刚开始也参与了救火，后来一看火势越烧越大，就爬上了临近火场的医院楼顶。在楼顶上，这位老人或许想到了对不起医院领导对他的信任和帮助，或许想到了大半年捡拾的财富半个多小时化为灰烬，或许恨起了老天对他的不公，选择了这条绝路。杨文山禁不住流下了热泪，这位平时一见他就笑的老人，在“哎哟”一声和“扑通”一下之后，就那么走了。老人的离世，是杨文山人生中第一次近距离见证到生命消失得如此之快，这让他感慨颇多。

杨文山在友谊医院当保安19年，参与大大小小的灭火战斗20多次，除了那次老人的非正常死亡给他留下难以忘怀的记忆外，还有一次就是2009年6月中药房制剂室的着火。那一次是由于天热，中药发生了自燃，杨文山发现后，急中生智，挥起座椅捣碎了制剂室的玻璃，然而在打开房门插销时，一块巴掌大的玻璃划开了他的前臂，伤口足足有十多厘米长，一时间鲜血直流，有个地方甚至露出了瘆人的白骨。

1999年年初，友谊医院接连发生了几起外地患者家属钱包被盗案。保安服务工作，不仅要保证医院安全，还要保证就医者的人身财产安全。这窃贼也太可恨了，你偷的是老百姓的救命钱呀，外地群众大老远地到北京看个病，容易吗？！此后，杨文山开始留意挂号处和收费处的人流。

6月的一天，树上的知了叫得正欢，进入医院挂号处和收费处的人大都心急火燎，忙前跑后。这时，杨文山发现，有一位中年男子像在“赶闲集”，他的目光不是盯着挂号处和收费处的窗口，而是时不时地望一下天花板，眼睛的余光盯着排队交费人群的衣兜。

这位中年男子的异常举动引起了杨文山的警觉。从那之后，杨文山每 天一大早就到候诊大厅，悄悄跟踪这位男子。在第五天的上午，这位男子正对一位女患者家属下手时，被杨文山逮了个正着——他猛地冲上前去，一把抓住了那人的手，顺势将那人摁住。后经公安机关审查，这位男子是江苏人，身上带有匕首，在友谊医院作案 13 起，窃取人民币 30 多万元。

独木不成林，万紫千红才是春。杨文山取得如此优异的成绩，他最感谢的是宣武分公司对他的帮助和培养。宣武保安分公司是一个功勋卓著的集体，重大安保活动、紧急突发事件锻炼了他特别能吃苦、特别能战斗的能力素养，也将他培养成了一名优秀的保安员。在杨文山先进事迹的影响下，一大批青年保安员正在迅速成长，担负起更加光荣而艰巨的责任和使命。

作者：许震

保 安
北京振远
YY500

董红飞　北京振远护卫中心。2008年获“全国五一劳动奖章”。

保安“状元”

安全高于一切，责任重于泰山。首都夜空群星灿烂，“保安之星”亮闪闪，守护着首都北京。在群星之中有一颗就是荣获首都“保安之星”称号、在全国第一届保安员职业技能竞赛中获得巡逻专业“状元”的现任北京振远护卫中心第十二支队南十里居基地副主任董红飞。

苦练夺“状元”

日历翻到北京奥运前一年，时值冬日，蓉城温暖如春，全国第一届保安员技能竞赛在四川成都擂响了战鼓。在为期 4 天的比赛中，董红飞参加了保安巡逻专业技能项目竞赛。

成功总是属于强者。竞赛期间，由于气候不适，心理压力大，董红飞患了感冒，浑身无力，头有些晕，没有食欲，夜不能寐。在教练指导下，他调整心态，“过五关斩六将”，最后以 262.5 分的总成绩稳居巡逻专业榜首，从 372 名决赛选手中脱颖而出，夺得全国保安巡逻专业冠军。董红飞抑制不住内心的喜悦，打电话告诉家人，妻子在电话那头激动得哭了。董红飞把比赛奖金 3000 元寄给了父母，让他们买了一辆电动三轮车，方便出行。老两口逢人便夸儿子有出息，拿了全国第一，还上了报纸电视。亲朋好友和街坊四邻也都夸他说，想不到当保安也能出人头地啊！

初见董红飞，让你很难联想到巡逻“状元”——浓眉大眼，微笑时露出两个浅浅的酒窝，中等身材，浅灰色保安服上衣、深蓝色裤子，显得英俊潇洒、文质彬彬。

董红飞出生在河南封丘应举镇闫郭庄村，初中毕业后到武校习武两年，打下了扎实的基本功。

国庆五十周年大阅兵，点燃起董红飞的参军梦想，在家人的大力支持下，他如愿以偿地来到武警河南平顶山支队，并很快在几百名新兵中露出“尖尖角”。当年年底，他就被支队评为先进个人、任命为副班长。他一心扑在训练上，放弃了探亲假，第二年又被评为“优秀士兵”。就在他准备继续奋斗时，姐姐告知他母亲的肩周炎加重了，这使孝顺的他决定退伍。在告别仪式上，从大檐帽和军装上摘下帽徽和肩章时，他泪水流淌，举起右手向军旗敬最后一次礼，并久久不愿放下……

退伍后的一天，电视上播放的北京振远护卫中心为备战北京奥运招聘保安的广告，让他怦然心动，但看着身旁年迈的父母，他又犹豫了。没想到父母看透了他的心思：“好男儿志在四方，不必担心我们，你放心地去吧！家

里还有你哥哥姐姐呢。”父亲温馨的话，让董红飞又惭愧又激动。第二天他报了名，并顺利通过面试。正月十一，他告别亲朋好友，告别可爱的家乡，乘上北上的列车，来到北京振远护卫中心第一基地。看到哨兵标准的敬礼，看到一排排停放整齐、墨绿色的运钞车，看到正在训练的队伍，看到营房床铺上标准的“豆腐块”，这不正是自己刚刚离开不久的军营吗？

新兵训练，董红飞初露锋芒，成为同批队员中第一个跟车执勤的。他工作出色，执行1个多月押运任务就被安排负责专职培训。以往负责培训的都是参加工作2年以上的小队长或中队长，而当时的董红飞到振远刚刚两个月，且只是一个护卫员，他是北京振远护卫中心发展史上第一个破格提拔的干部。

培训前，他按照公安机关提出的“政治练兵、业务练兵、体能练兵”的总要求，遵循“全员参与、重在基层、立足岗位、注重实效”的原则，根据实际制订了培训计划。培训中，他坚持高标准、严要求，以情、以理带兵，把队员当成自己的兄弟，并真诚地为队员排忧解难，不厌其烦地一遍又一遍为大家做示范。夏练“三伏”，炽热的太阳把训练场的水泥地面烤得滚烫，地表温度达到了50多摄氏度，站在训练场似“蒸桑拿”，而董红飞带领队员们依然坚持在训练场上摔打。每天训练后，他和队员的衣服，都是汗水蒸发后留下的一片片白花花的汗渍。冬练“三九”，挥汗如雨，衣服照样全湿透了，

练后结冰，衣服硬邦邦。每次训后，他都认真总结经验。

技能竞赛现场，在擒敌配套表演方队中，一个个不高，动作敏捷，每一个姿势都虎虎生风的小伙子给领导和观众留下了深刻印象，这小伙子就是董红飞。

“我们振远人就是邪恶的克星、正义的代表、奉献的化身、光荣的象征。只有苦练本领，才能应对邪恶。”他常对队员们这样说。

朴实的话语，诠释了80后有志青年的爱国情怀，体现出新一代青年爱岗敬业的美德。

他想到哪、说到哪、做到哪，带领队友们进行高强度的训练。为尽快提高自身综合素质，他主动加练，严于律己，凡事都比队友多做一点儿，别人做100个俯卧撑，他就要做120个；别人休息了，他还要跑到楼道里借助微弱的灯光复习理论知识。在一次参加4×10米折返跑步训练时，他的左脚后跟肌腱受伤，又红又肿，他强忍疼痛，一日也没有休息，每天擦点红花油和扶他林，忍着伤痛坚持训练。

工作刚五年，他看到公安部、劳动和社会保障部、全国总工会、共青团中央关于联合举办首届“全国保安职业技能竞赛”的通知，便踊跃报名，被安排到大兴电信学校集训，备战北京赛区的选拔比赛。为了从北京赛区成功突围，他顾不上照看有孕在身的妻子杜桂芳，全身心投入到训练中。妻子想念他，挺着大肚子来到训练场地，看到心爱的丈夫被烈日晒得黝黑，身上脱皮，脚又受伤，不得不打封闭针，心里好一阵酸痛，为了不影响丈夫训练，短暂停留后，妻子只好满含泪水依依不舍地离开训练场。

经过激烈角逐，他凭着持之以恒的苦练，夺得了北京赛区保安巡逻、基础理论两项冠军，个人总分和擒敌配套两项亚军，格斗拳第三名的好成绩，成功进入全国决赛阶段。

宝剑锋从磨砺出，梅花香自苦寒来。经过苦练，他获得“首都优秀保安员”“全国技术能手”嘉奖；经过苦练，他荣获“北京经济技术创新标兵”“全国青年岗位能手”称号；经过苦练，他胸前戴上“首都五一劳动奖章”“全国五一劳动奖章”。中央人民广播电台、北京广播电台、《人民公安报》《工人日报》《竞报》《中国保安》、新浪、搜狐、腾讯等媒体第一时间宣传报道了董红飞的先进事迹。

在北京振远护卫中心的培养下，凭借刻苦训练，董红飞从一名普通的护卫员，一步一个脚印，脚踏实地地走上了车长、小队长、副中队长、中队长、副大队长、大队长、基地副主任的岗位，被北京市总工会保送到中国劳动关系学院学习并取得本科学历。

“我的荣誉得益于北京振远护卫中心各级领导的关怀，得益于全体员工的团结合作，得益于亲朋好友的默默支持，因此我愿意将我的全部奉献给振远！”董红飞满怀深情地说。

荣誉和职务不仅仅是奖励，更体现出董红飞的人生价值。背后他吃了多少苦，受了多少累，睡了几夜安稳觉。苍天知道，大地晓得！

敬业乐奉献

今年 34 岁的董红飞，14 年守护平安，14 年苦辣酸甜，14 年风雨兼程，14 年硕果累累。

穿防弹衣，戴头盔，背防暴枪，他精神抖擞登上运钞车，每天迎着晨曦出发，万家灯火时返回基地。他认真对待每次勤务。有一天，在北京交通银行一个网点，警惕性极高的他发现对面楼上有两个男子在用望远镜窥视，随即向车长报告，大家做好战斗准备，确保下款安全。事后，基地将此情况反馈给当地派出所，并证实那两个人是出于好奇心。虽是一场虚惊，但基地还是在全体员工大会上对董红飞高度的警惕性提出表扬。

他是一名优秀的押运保安员，更是一位出色的管理者。他按照《保安服务管理条例》和《保安员国家职业标准》等相关法律法规，面对武装押运工作的特殊性，从押运勤务基础工作抓起，定期召集骨干进行勤务研究会，从车组人员上下款警戒站位、护卫和押运每个环节严抓细抠。此外，严抓内部管理，认真落实中心各项规章制度、训练计划，对训练科目、时间、内容和标准作出明确的规定和要求，并严格组织狠抓落实。

2011 年的冬天，一场 50 年罕见的大雪飘落京城，气温降到了历年的最低值，多数人都躲在家里。凌晨 5 点半，担任大队长的董红飞一早起来就带领大家扫雪。白天，马不停蹄地忙碌一整天。晚上，他先主持召开勤务安全部署会，又到各分队检查，一直到 22 点多，过度劳累使他眼冒“金花”，不得不紧闭一会儿眼，哪知上眼皮与下眼皮一见面就紧紧拥抱在一起，不愿再分开，十分疲惫的他只好躺下了。

“董队长，听到请回答……”凌晨 1 点，手台和手机同时响起将他唤醒。他大概了解了一下情况，是基地地下食堂排水泵出现故障，污水外流。他赶紧穿好衣服，向地下一层飞奔，到现场见污水疯狂地流向地下二层，他第一时间想到金库，立刻又跑到地下二层查看，发现金库的门比地面要高一截，污水在短时间内还不会流到金库，这才放心。但同时发现污水正分别向两部电梯里涌去，他立即与后勤维修人员联系，电梯门被打开，电梯里的水已经没过膝盖，如果再晚一会儿，电梯很有可能无法使用甚至无法修复。为避免污水结冰，他果断对前来的抢险队员进行分工，并毫不犹豫地挽起裤腿，提起水桶，顶着零下十几度的低温，跳入电梯将污水一桶一桶地向外掏。行动是无声的号角，其他队员见状，也都投入战斗…… 凌晨 4 点，污水渐渐退去，由于措施到位，抢救及时，电梯保住了、金库安然无恙。经过连续 3 个多小时的奋战，董红飞和队员们的手脚冻得又红又麻，浑身直哆嗦，牙齿禁不住相碰，发出“咯咯”响声，但没有一个人叫苦、没有一个人喊累。为了大家不被冻成“冰棍”，他催促抢险队员快去休息，自己又到地下一层查看，一直到排水泵修好后，才放心地回到办公室，刚刚坐到椅子上想闭眼休息一会儿，手机闹铃响了，5 点 30 分，起床时间到了，董红飞揉了揉眼睛，又向营房走去……

目前，董红飞管理的南十里居基地有 443 名官兵，管辖东城、朝阳、丰台、通州等区 20 家银行，172 个网点，每天发出 95 辆运钞车。早上，他亲自送走运钞车；晚上，迎回每辆车，最后一个下班。酷暑严寒，雾霾雪天，风雨无阻。

“董主任工作上严格要求我，生活上像大哥一样照顾我，工作虽辛苦，但我心里踏实温暖。”

“董主任是我们心中的偶像，时时处处为我们做表率，我们打心眼儿里佩服他。”

“一天，我无意中看到董主任在院里，很好奇，看到他一会儿蹲下身子捏

起一个烟头，一会儿弯腰捡起一个塑料袋，放进垃圾箱。”

……

队友们的话语，不正是董红飞爱岗敬业、爱心奉献的真实写照吗？

作为基地副主任，可以派人去捡垃圾，可他没有，却用自己的一举一动影响教育大家。

一滴水能折射出太阳夺目的光芒，一件平凡小事展示出董红飞高尚的品德。

他的办公室提示板上写着：“每周两次持枪人员教育；每季度一次消防演练……”工作日志记着：“近日气温忽高忽低，提醒队员不要随意增减衣物，避免感冒发烧；天气好转后，把营院的灯擦了；东四留车人员改为非职工窗口吃饭……”字里行间中渗透着他强烈的事业心和责任感，饱含着他对押运工作的满腔热忱。他所处的营房墙上挂着客户送来的“金融卫士”“振远英雄”“尽职尽责”等内容的锦旗200多面，还有300多封表扬信，10多块牌匾，都是客户对押运服务的认可和肯定。

在他的带领下，安全执行押送款任务65万余车次，押运款额达数千亿元。2016年4月25日，在北京市保安服务行业发展30周年纪念大会上，董红飞被授予“首都保安事业发展30周年特殊贡献奖”。

董红飞是个孝子，然而忠孝难两全，他不得不忍痛割爱，坚守在自己钟爱的保安事业上。在最忙碌的7年中，春节、父母生日，全家只有董红飞没有到。一次他已经买好回家的火车票准备上车，单位来电话，他毅然退了票，迅速返回工作岗位。99岁的爷爷住院期间，念叨着很想见孙子最后一面，家人也打了多次电话，董红飞也没能回去。最终爷爷带着对孙子的眷恋“走了”。

有一年，他母亲患了轻微脑梗，很想儿子。董红飞得知后，仍是忙完了应急工作才回家，进门后母子抱头痛哭……

董红飞结婚后，一直没有固定的居住地，家随工作变动而变动。他被调到南十里居基地后，为工作方便，还能照顾家，在单位对面小区给妻儿租了一间不足8平方米的地下室（地下二层），阴暗潮湿，手机无信号，艰苦的生活使妻子患上了贫血、低血糖，孩子患上了鼻炎，但妻子没有任何怨言，一边默默地支持着他的工作，一边照顾着幼小的孩子。孩子会说话后天天说："我爸爸什么时候回来呀？""你爸爸忙完了工作就回来。"妻子只能这样回答。妻子对丈夫唯一的要求就是"多陪陪她和孩子"，可这小小的要求董红飞还是做不到。他一直坚守在工作岗位，临时住处与基地虽然只有一条马路之隔，但他回去的次数还是少得可怜，即便偶尔回去也是深夜，孩子已在睡梦中。一次，八个月的孩子上吐下泻，身子软得像根"面条"。妻子急忙打电话，叫他快回来带孩子去看病。他当时正在开会。妻子只好借来一辆自行车推着孩子在附近小诊所简单治疗。孩子在老家上学后，他平时不能去看望，妻子只好带孩子暑期来京。笔者问董红飞八岁的儿子："你觉得你爸爸怎样？""我爸爸工作很辛苦！"孩子微笑着回答。由此看来，董红飞的人格魅力已经潜移默化影响教育了下一代。

董红飞是个恋家的人，深知人生在世，亲情无价。老人与儿女相处的日子越来越少了，陪伴就是孝顺。然而他很愧疚，为了振远这个大家，甘愿牺牲自己的小家。随着父母年龄越来越大，董红飞表示无特殊情况还是希望尽量多回家陪伴老人！

特保创佳绩

北京奥运，振远护卫中心被奥组委指定作为兴奋剂检查样品的押运单位，同时还承担着奥运会奖牌、门票、票款及运动枪支的武装押运任务。这在奥运历史上是首次，往届奥运都是主办方动用部队负责。

当时，董红飞是主管训练和勤务的护卫队副大队长，为了确保奥运安保工作，万无一失，他挑选 80 名队员进行集训，细致讲解每个动作要领，并逐一示范，每天坚持 8 小时训练。他发现一名队员鼻流清涕，拿出备好的感冒药，催促这名队员去吃；实战训练时，一名队员下车踩空摔倒，忍着剧痛坚持完成，他得知后问寒问暖。他带领大家科学训练，休息时间讲评，做"丢包"等小游戏，确保每个队员在兴趣盎然中熟练掌握军事技能，顺利完成了 3 个月的集训任务。奥运前期，奥运安保部的官员到基地来视察工作，并观看了单车勤务、奥运枪支押运、防抢劫等演练，队员们以过硬的护卫技能和饱满的奥运热情赢得了外国来宾的交口称赞。

基地担任奥运押运项目多，董红飞积极组织队员对奥运期间的执勤用语、礼仪及突发事件的处理等进行10次专项培训，召开奥运押运誓师大会，宣读决心书，他带领大家在奥运期内每天5点起床，以高度的政治感投入艰巨而光荣的奥运会和残奥会特殊护卫中。他带领队员去鸟巢、水立方等处执行专项押运任务600余次，始终坚持“安全、准点、优质、高效”的押运方针，圆满完成了奥运押运任务，得到了奥组委和上级主管部门领导的高度评价。他被评为“北京奥运安保先进个人”，并荣立“北京奥运专项押运个人三等功”。

新中国60华诞，他与全体护卫队员对长安街沿线及中南海周边格外重视，使命感、责任感在他们心中并举，把金融稳、首都稳、全国稳作为工作要求。他制订了详细的查勤计划，坚持每天查勤，拿着水果、饮料慰问一线员工。徐爱忠车组在押运中遇到网点现金与账不符，一直等到深夜12点才收车回基地，一进大门看到董红飞还在等候大家，车组所有人为之感动。他带领队员高标准、严要求完成了国庆期间的金融押运任务，被授予“国庆60周年安保先进个人”。

党的十八大召开期间，董红飞带领队员保驾护航，展示出全国“两会”先进保安员的良好形象。北京田径世锦赛、世界赛艇青年锦标赛、国际曲棍球邀请赛、APEC会议、抗战胜利70周年阅兵等大型活动，都留下他与队员特殊护卫的雄姿。

一颗红心，青春似火，激情飞扬。董红飞把智慧给了振远，汗水给了工作，愧疚给了家人，拼搏给了自己。

祖国腾飞需要和平，社会发展依托安全，百姓生活离不开保安。董红飞，这颗灿烂的星，将继续闪烁、发光，给人民带来平安、幸福和希望！

作者：孙凤海

朱良玉 北京市保安服务总公司海淀分公司。2005年“第二届全国优秀保安员”，2008年获“全国五一劳动奖章”，2010年“全国劳动模范”“北京市劳动模范”，2011年“第三届全国优秀保安员”。

保安

保安与人大代表的前世今生

一名普普通通的保安员被选举为全国人大代表，在当今中国仅此一例，他就是北京市保安服务总公司海淀分公司副经理朱良玉。

朱良玉，男，1972 年 12 月出生，中共党员，山东巨野人。参加保安工作 23 年来，带领保安队员协助公安机关抓获各类违法犯罪嫌疑人 624 人次，扑灭火灾 10 余起，挽回经济损失 600 余万元，招收近万余名外地青年加入首都保安队伍，先后参与圆满完成奥运会、残奥会、北京马拉松、国庆 60 周年等千余起重大活动的安全保卫任务。2011 年 6 月 30 日，在中国历史博物馆举行的庆祝建党 90 周年图片展览启动仪式上，习近平同志亲切接见了朱良玉，对他说："你为首都的经济建设、首都的稳定作出了突出贡献，辛苦了！"

1993 年 8 月 1 日，朱良玉在家乡信用社贷款 300 元当路费，来到北京，成为北京市保安服务总公司海淀分公司的一名保安员。公司对他进行了一周的培训，使他牢记十六字工作方针："打不还手，骂不还口，打人必究，委屈受奖"。他私下里听干过两年的老保安说："当个小保安，社会地位低，执勤也没个法律依据，人家都不爱搭理咱们。"不过，这个倔强的山东汉子更相信这么一句话：开弓没有回头箭，事在人为，即使要饭也要干出模样来！

一天晚上，朱良玉回到宿舍，刚坐下来，电话铃响了。朱良玉拿起电话，里面传来一个女孩急切的求救声："快点来，地下二层着火了！"

朱良玉二话没说，抄起灭火器就往下跑，跑到地下室门口，好多人围在那里。他情急之下冲了进去，可是，没跑几步，就被浓烟给呛了回来。不知是在老家农村的生活经验告诉了他，还是保安员岗前培训时教官的教导提醒了他，朱良玉跑回宿舍，拿起自己的被子，用水龙头浇湿之后，顶在头上，抱着两个灭火器冲了进去。然而，在浓烟中他却怎么也找不到火源，又不敢露头，只能逆着浓烟往前跑。几经周折之后，朱良玉发现一间宿舍的门开着，浓烟就是从里面冒出来的。地面上的地毯、报纸杂志都着火了，冒着浓烟。电视机爆炸后，碎玻璃、电子元件撒了一地。说时迟，那时快，朱良玉拉开灭火器保险阀，对准火源就开始喷射。手中的灭火器喷完时，火势也控制住了。

救完火后，朱良玉发现，自己的裤腿和袖口都被烧没了。这事被海淀分公司以简报的形式发到各驻勤单位，朱良玉成了先进典型，公司开展了向他学习的活动。后来，他的先进事迹又被登在了《首都公安报》，海淀分公司给他记了个人三等功。

1997 年秋天，朱良玉被委派到公主坟地区当保安分队长，管理 135 人，

负责翠微大厦、船舶工程部、总后第二招待所等单位及周边的保安管理工作。这个地区环境特殊，是繁华的商业区，党政军机关多。刚到这里时，周边街上秩序很乱，到处都有人兜售非法书籍、盗版光盘、淫秽光盘，无照商贩和倒卖二手手机的也是随处可见。为了整治这个地区的秩序，公安机关在这里还专门设立了翠微治安派出所。保安的任务是配合公安、工商、税务、城管等部门整顿公主坟地区的治安秩序。

2005年，全国“两会”前的一天上午，朱良玉在翠微大厦商场查岗，突然听到有人大声呼喊：抓小偷！抓小偷！他顺着声音传来的方向望去，只见一彪形大汉正在疯狂逃窜。一中年男子边挥着手呼喊，边追赶这一窃贼。

朱良玉见状，没有多想，几乎本能地拦住窃贼的逃路。窃贼一见有人挡他的道，凶相毕露，恶狠狠地喊道：“滚开！挡我路，弄死你！”说着，从腰间掏出一把匕首，挥舞起来。几乎在窃贼掏匕首的同时，朱良玉一个健步冲上去，一个“饿虎扑食”，将窃贼扑倒在地，并压住了他的一条腿。窃贼万万没有想到碰到了不要命的保安，心里有些发慌了，不过他举着明晃晃的匕首仍然威胁道：“松开！再不松手，我捅死你！”朱良玉没有被窃贼的凶恶行径吓倒，反而激起了他作为男人的血性，两脚蹬地用尽全身力气将自己的身体压了上去。高出朱良玉半个头的窃贼身大力不亏，比朱良玉更有力气，很快

身子翻了上来，把朱良玉压在下边，朱良玉一使劲又把窃贼压在下边。狗急跳墙的窃贼突然间下了狠手，匕首捅在朱良玉的右腿上，划出一道五六厘米长的血口子。朱良玉感到大腿处热热的，知道窃贼下了黑手。越是这样，越不能放过他！朱良玉心里产生了强烈的念头，一股强大的力量从他的心头涌起，将窃贼死死地压在地上。这时，在附近巡逻的保安和周围的群众围过来，一起把窃贼捆起来，扭送到公安机关。

公主坟地区社会治安秩序的整顿，断了一些人的财路，惹恼了一些不法人员。2005 年 5 月 13 日凌晨，朱良玉睡得正香，“哗啦”一声将他惊醒。他拉开灯一看，发现自家的玻璃被砸碎了。朱良玉冲了出去，到了地面上，除了昏黄的路灯和影影绰绰的树木，连个人影也没有。朱良玉租住在半地下室，地面上有半米多高的玻璃，可就这半米宽的缝隙，让不法人员扔进了两块十多斤重的石头。来暗的不行就来明的，有的家伙直接在路上拦下朱良玉，威胁道：“小子，再多管闲事，小心你的家人，注意你的脑袋！”朱良玉不卑不亢，大义凛然，回答得干脆利索：“我是为政府干事，我死了是烈士，你死了是罪犯！”

就这样，朱良玉逐步走上分公司领导的岗位，他仍一直把队员当作自己的亲兄弟一样对待。他说：“队伍的根，队员的心。”新队员来了，他坚持做到“四个第一”：吃好第一顿饭，谈好第一次心，上好第一堂课，陪上第一班岗。他当大队长时，420 名队员，每人过生日，他都要送一张贺卡，写上一句话，送上一片情。他当项目部经理时，队伍由原来的 420 人发展到 1000 多人，他手下的保安队员，有 40 余人先后提升到保安管理岗位，有 20 余人被评为区级以上先进工作者。

2004 年，朱良玉任中队长三年了，队伍的管理进入佳境，翠微地区乃至公主坟地区的治安状况有了彻底好转，他的业余时间宽裕了许多。有了时间干什么呢？朱良玉没有像有的保安那样，喝酒打牌，无所事事，而是重新捡起了书本，开始了自学。朱良玉有一个未圆的大学梦，在日常管理过程中，他发现如果没有一定的文化水平和管理艺术，就难以服众，就难以带出高素质的队伍，就难以让客户满意。心动变成了行动，朱良玉利用业余时间见缝插针开始自学。

2005年7月，朱良玉读完了本科，考取了大学英语四级证书。2006年9月，他又考上了北京行政学院法律专业研究生。2012年4月他拿到了人力资源和社会保障部颁发的高级经济师证书。他还喜欢上了写作，一有空就在电脑上敲敲打打，在草稿纸上写写画画，先后在《人民日报》《法制日报》《农民日报》《中国青年研究》等报刊发表《农民工保安群体有序社会参与的思考与对策》《改制期保安干部的思想状态及对策》《中国青年农民工有序参与的困境与对策》《关于新生代农民工职业技能培训问题》等20多篇论文和调研报告。另外，他还写了100多篇通讯报道，先后在《法制日报》《首都公安报》《北京晚报》等报纸杂志上发表。他创作的三句半《赞保安》，获得海淀区文艺会演一等奖。2005年，他被吸收为中国楹联学会会员。

朱良玉的优异表现，经媒体传播后，得到了社会各界的广泛认可。2005年12月，他被公安部、全国总工会、共青团中央评为第二届全国优秀保安员；2007年，被团中央、公安部、全国总工会等13部委联合授予第五届全国十大杰出进城务工青年；2008年4月，荣获全国五一劳动奖章；2010年6月，被北京市委政法委评为政法系统优秀共产党员；2010年4月，荣获北京市劳动模范、全国劳动模范，同年当选为第十届北京青联委员；2011年9月，被评为第三届首都道德模范，同年被评为第三届全国先进保安员；2015年，获中国敬业奉献身边好人，同年被北京市政府聘为特邀建议人；2016年，获首都保安杰出贡献奖……

2012年国庆节之后，朱良玉陆续接到北京市总工会、首都文明办、北京市人力资源和社会保障局工作人员打来的电话，让他准备详细的个人材料，包括出生年月、个人经历、现实表现和受表彰奖励情况等，越详细越好。

2012年元旦前夕，朱良玉接到会议通知，在海淀保安分公司会议室，他看到了来自北京市委组织部、海淀区委组织部、统战部等单位考察他的领导。一位领导对朱良玉说：恭喜你入选了北京市第十二届全国人大代表候选人名

单，我们今天来就是来对你做进一步考察的。

2013 年 1 月 15 日，朱良玉接到北京市委组织部的通知，于 16 日下午到新闻大厦 4 层第 8 会议室，核对个人简历、情况介绍。这标志着，朱良玉作为全国人大代表的候选人已经顺利过关，就差北京市人代会投票选举这一环节了。1 月 28 日上午，北京市第 14 届人民代表大会第一次会议选举产生了北京市第 12 届全国人大代表 55 名，朱良玉以 626 票高票当选。

第 12 届全国人大代表是我国首次实行城乡按照人口比例选举产生的，约 67 万人分配一个代表名额。朱良玉是中国保安史上第一位全国人大代表。

当选全国人大代表后，朱良玉暗下决心，自己绝对不当花瓶代表，一定担当起这个重任，为保安代言，为外来务工人员发声。

保安的事，千头万绪。从哪里说起好呢？尽管自己已经有 20 年当保安的实践，在知识方面也有不少的储备，但作为一名新当选的全国人大代表，在正确履职方面自己还是一名新兵。为迅速成为一名称职的全国人大代表，朱良玉全身心地投入了全国人大组织的培训中。课堂上，他认真学习了有关法律规章制度，就如何履职、如何提高议案建议质量、如何对一府两院监督、如何审议政府工作报告等进行了细致入微的研究。通过这次集中培训，朱良玉收获很多，了解到了一些以前根本接触不到的知识。比如，国家主席不是个人职务，而是一个国家的机构，代表中华人民共和国开展活动，接待外国使节，还有公布法律和人事任免等职权。

掌握履职人大代表的基础知识后，朱良玉开始了早出晚归、四处走访的调研。短短三周时间，他跑遍了北京 86 家保安公司，走访了 1000 多名一线保安员，掌握了大量一手材料，挖掘出了许多外来务工群体存在的共同难题和普遍心声。几个不眠之夜之后，朱良玉拿出了他作为全国人大代表的第一份建议:《关于促进中国保安服务业健康发展的建议》。

2013 年 3 月 5 日上午，朱良玉带着首都保安和来京务工人员的嘱托，踌躇满志地迈向人民大会堂。

当天下午，朱良玉参加北京团的分组讨论，提出了两点建议。一是保安服务业发展中，安置退役士兵、下岗失业人员及农村剩余劳动力就业，对于拓展就业渠道，缓解社会就业压力，具有积极作用，对于剩余劳动力来说，

这是一片就业的蓝海。二是在当下中国，在北京，工作在城市，保障在农村，年轻来城市，养老回农村，成为许多农民工生活的真实写照，农村出现了大量留守老人和儿童。如何让农民工逐渐享受到公平待遇，使流动人口不再有漂泊之感，能够融入城市，共享发展成果。

朱良玉的话音一落，北京团会议室响起热烈掌声，大家的目光不由自主地投向他，感觉他的发言干脆利索，有高度、有见地、有情怀。

当选全国人大代表后的这四年，朱良玉感到特别忙碌。用他的话说："自己的生活像个时刻被抽打的陀螺，一刻也停不下来过。"他的生活节奏比先前快了一倍。2013 年闭会期间，朱良玉前后花费 3 个月左右的时间，分别到各地进行调研，脚步涉及近百个工地、田间地头和居民小区，谈话了解近千人。

他说："人大代表这个身份，开始的时候感觉是荣誉，现在更多地感受到一份沉甸甸的责任。"

2014 年 2 月 17 日，朱良玉来到保安宿舍，和几名保安谈心，他把自己的建议和大家分享，问大家还有什么需要补充。大家都非常欢迎他的到访，因为去年的许多变化，让大家感到非常欣慰。来自黑龙江嫩江的小伙子武文臣来北京当保安已经 7 年了，和以前相比，武文臣很有感触："我的工资每个月涨了一百多块钱，还给上了社会保险，更换了新式制服，过节费也提高了，不过希望以后工资还能再高点。"朱良玉一边鼓励大家要踏实努力工作，一边向大家承诺，一定会把大家的意见提交上去。

2015 年全国人代会上，朱良玉提交了《关于中国保安服务业纳入十三五规划的建议》。和往年的建议比起来，这次的建议描述更加详细准确，调研更加扎实，增加了更多的解决办法。建议中提到，百姓安居乐业都已离不开保安服务，但是保安员面临着"三低一高"问题：文化水平低、工资待遇低、社会地位低和流失率高。据统计，保安员年平均流失率在 50%，甚至更高，保安队伍找不到职业归属感；保安市场面临着无序竞争，导致监管难度增大；保安从业人员职业化发展道路艰难，缺乏系统规范化管理，建议从国家层面给保安服务业以政策支持。

2016年“两会”，朱良玉提交的仍是几个与保安行业相关的建议和议案。首先，规范保安行业管理。其次，规范管理，提高服务质量，促进保安行业健康良性发展。最后，针对保安艰苦的生活条件和工作条件，以及由些产生的留守儿童问题提交了一份建议。

当选全国人大代表后的朱良玉，总是在不断地提醒自己：别忘了你是谁。也就是现在比较时髦的词：不忘初心。不过，最初还是源于他儿子的提醒。

有一次，朱良玉路过中国煤炭地质总局，和门口的几名保安聊了起来。其实，朱良玉的初衷是想了解一下他们的收入状况，但是没有想到，聊着聊着，就聊到了工作上。他们听说朱良玉是人大代表，就和朱良玉抱怨，说是总局门口的小商小贩太多，总把门口堵得死死的，车进不去、出不去，让朱良玉帮他们呼吁呼吁。朱良玉觉得他们反映的对，回家之后就写了一个情况反映，寄给了全国人大常委会代表联络处，不到一周时间，情况反馈到了海淀区以及羊坊店街道办事处，他们立即召开会议，布置整改方案，迅速将小贩进行了清理。

朱良玉觉得这件事干得挺漂亮，晚上闲聊天时就说给儿子听。朱良玉原以为儿子听后会为他感到骄傲，没有想到，儿子听了之后竟冷冷地甩过一句：“爸爸，你别忘了你是谁？！”朱良玉听了一怔，呆呆地望着儿子，儿子接着说道：“你原来是一名农民工，现在你是农民工的人大代表，应该时刻想着他们的冷暖才对，今天的他们，其实就是昨天的你！”儿子说完气呼呼地摔门而去。

那一夜，朱良玉失眠了。儿子说得对，虽然自己当上了人大代表，但这个代表是从农民工中产生的，自己没有理由不关注他们，没有理由不反映他们的诉求。从那以后，朱良玉的眼睛再也没有离开过外来务工人员这一群体，关注他们的生活，关注他们的工作，关注他们远在家乡的父母赡养和儿女的教育以及健康成长。

朱良玉履职全国人大代表四年的时间里，提出保安服务公司实行差额纳税的建议被财政部采纳了，提议设立的袭警罪已经列入了刑法，建议尽快制定的中国商业秘密保护法列入了全国人大的立法程序。他提出关于保护留守儿童的建议后，国务院印发《关于加强农村留守儿童关爱保护工作的意见》（国发〔2016〕13号），对农村留守儿童关爱保护工作进行安排和部署……朱良玉高兴地说："如果在履职内能为保安做点事，保安员都能为我竖起大拇指，那就是自己最幸福的时刻。"

展望未来，朱良玉曾经激情澎湃地说："舞台有大小，梦想无高低。在岗一分钟，平安六十秒。爱岗敬业是实现中国梦的基础，心怀天下是实现中国梦的路径。我们在平凡的岗位上努力地工作，既成全着我们个人的中国梦，也成全着我们大中华的中国梦！"

作者：许震

谢海宝 北京市保安服务总公司东城分公司。2005年“全国劳动模范”“北京市劳动模范”，2005年“第二届全国优秀保安员”。

00001

长安街边的“眼镜哥”保安

第一次见到北京市保安服务总公司东城分公司的谢海宝时，他正在北京长安街边的东单民生金融中心大门口忙碌。只见这位四十多岁的中年汉子，身高一米七五左右，戴着眼镜，穿着一身保安制服，手里正举着电台，向保安员布置执勤任务。

说起谢海宝，大家都亲切地称呼他“眼镜哥”。之所以有这样一个绰号，

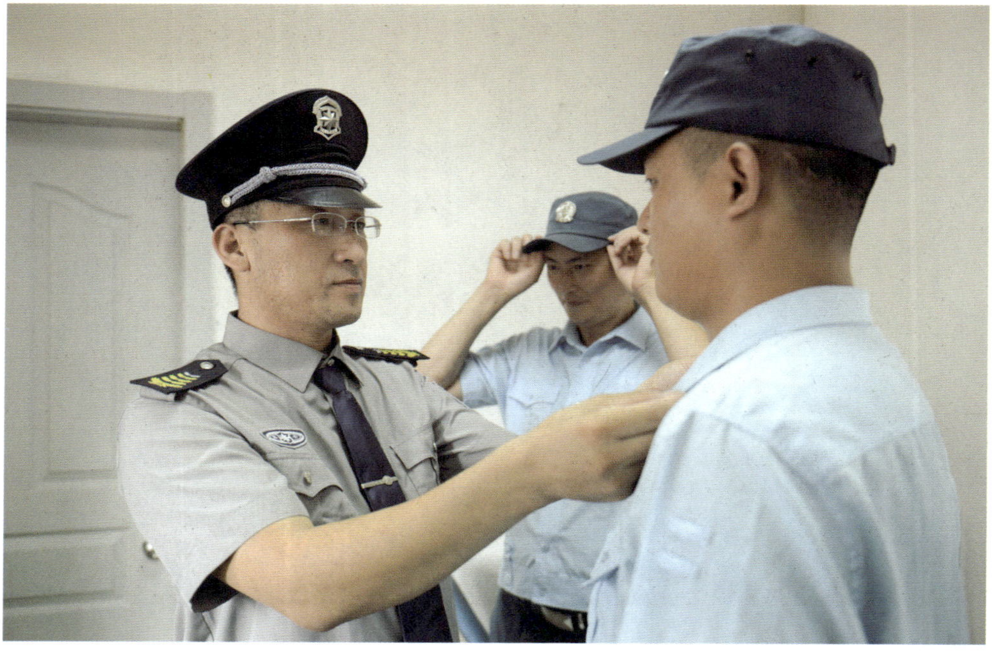

还要从 1996 年 3 月他到北京后成为北京市保安服务总公司东城分公司一名保安员时说起。当年，不满 22 岁的他从山西省阳泉市一个偏僻的农村只身来到北京，目的很单纯，就是想为自己找到一条谋生之路，以减轻家庭的生活负担。那时，他对这个城市充满了陌生感，觉得自己根本就不属于它，也不可能被它接受，一股自卑感和得过且过的念头整天困扰着他。

后来，谢海宝被分配到王府井大街派出所。来到所里，领导和民警们都对他很好，从没把他当外人看，相处得就像亲兄弟一样。更让他想不到的是，几天后，派出所领导竟然交给他一项在他看来充满了神秘色彩的工作——抓小偷，用行话说，就是“打扒”。他被民警们的信任和期望感动了，好像一下找到了自己的位置，甚至忽然觉得首都北京是那样的美丽，让他迷恋不已。也正是从那时起，他刻苦训练擒敌基本功，虚心向民警学习“打扒”本领，使自身的各项业务素质得到了很大提高。他暗暗下定决心：一定要干出点名堂，当个让人看得起的好保安！

王府井商业街　情系保安生活

谢海宝的工作岗位就在北京王府井大街，这里几乎无人不知，无人不晓。王府井大街有着百年历史，享誉世界，近千米的街面上，云集着 2000 多家商户，每天来观光、购物的海内外游客络绎不绝，节日期间每日更是高达 30 万人，“金街”的美名也由此而来。每天，谢海宝都要身着便衣穿行在人流中，看上去跟一般的游客没什么区别，唯一不同的是，他的目标不是琳琅满目的商品，而是那一双双伸向游客的“贼手”。

当我示意谢海宝回忆初到北京当保安员时的经历，他有点儿不好意思，眼泪都忍不住流了下来。

到派出所培训半个月后的一天上午，全体新来的保安员突然集合，一位年轻警官严肃地说：“今天，我要从你们一群人当中选两个人。”当时一听这话，谢海宝既兴奋又紧张，心想：一定要把我选上。“当时，也不知道去哪儿，就觉得几十人当中挑两个，难度很大，要是自己能选上那多有成就感啊，心里美呀！”年轻民警一个一个看，结果先把跟谢海宝一起来的同学选上了，当年轻民警走到谢海宝跟前的时候，谢海宝把腰板特意挺得很直，眼睛也瞪得格外大。警察看了一下，用手指一指谢海宝，“你，走！”谢海宝当时甭提有多高兴了，后来才知道这位警官姓沈。

路上，沈警官对他们讲述了王府井的历史，在北京多么多么有名，地理位置有多么多么好。一会儿，车子拐进了一条满是灰色房子的街道，里面人车搅在一起，推三轮车的非常从容地在路中间慢悠悠地晃来晃去，对后面机动车的喇叭声理都不理，行人在车的缝隙中钻来钻去，两边店铺的商贩站在凳子上高声叫卖，“跳楼价甩了，假一赔十！”真跟进了农村的大集一样。沈警官不停地按着喇叭，说：“王府井就这样，天天人爆满，走都走不动。”

当时，在王府井大街派出所做保安，每月工资500元，除了吃饭也剩不下多少钱。谢海宝每次在食堂吃饭买菜一般就买半份，两个馒头。后来为了省钱，就从单位咸菜缸里捞咸菜疙瘩，切成片吃。

一个月后，一个偶然的机会，从所长到民警，派出所的每个人都记住了谢海宝。

一天下午，民警要出勤务，结果勤务车“212”死活挂不上挡。当时所里最好的车就是切诺基，然后就是“212”、三轮车，车况都不算好，时不时就出点小毛病。所长很着急，可当时所里没人会修车。谢海宝自告奋勇，说让我试试。所长和民警当时都半信半疑，不过还是让谢海宝查查看。谢海宝查看后说：“离合器面片烧了，外边买一个，我就能安上。”在专业维修点，这是需要地沟的。最后，谢海宝换上一身旧迷彩服，躺在车底下给换上了。派出所所长很高兴地对他说：“没看出来，你小子行啊，还有这把刷子，这身衣服就给你以后修车用，再给你发一套新的。”后来，所里大车小车一有毛病都找谢海宝，甚至警察家属的自行车坏了也来找谢海宝修。

这件事，对谢海宝的影响很大，让他觉得自己的价值得到了体现。现实生活中的苦，逐渐在他的心里慢慢褪去，他很快适应了这种工作和生活。

长安街旁景点　平安捷报频传

一天晚上8点多，谢海宝执勤巡逻到新东安市场二楼时，发现一个约30多岁的中年妇女领着一个10岁左右的小女孩，看上去像母女俩，边走边不时地窥视过往行人的提包。谢海宝有点怀疑自己的判断，因为怎么也不能把她们和窃贼联系在一起。可是，过了一会儿，只见那妇女领着小女孩走进了一家餐厅，用眼睛的余光扫了一圈后，捅了捅身边的小女孩。小女孩立刻心领神会，趁一名正在用餐的年轻女士不备，上去就把她的黑色背包拿走，从里面偷出现金、手机等物品后，又悄悄地将包放回原处。得手后，俩人正要逃离餐厅时，谢海宝再也顾不上多想，一个箭步冲上前去挡住去路，来个人赃俱获。经民警审查：这名妇女和小女孩确系母女俩，母亲长期做掩护，教唆纵容自己10岁的女儿偷窃他人财物，真是法理难容。这是谢海宝第一次亲手抓获窃贼，他用自己的智慧与勇敢，开始以一名首都保安员的身份，履行起“打击犯罪、守护安全”的职责。

王府井大街知名度高，到此光顾的窃贼也是五花八门。但是，魔高一

尺，道高一丈。在长期的工作和摸索中，谢海宝掌握了许多抓贼的技巧和本领，还形成了队友之间的行话。不夸张地讲，只要被他们发现，到王府井大街“下货”的窃贼基本上是有来无回，隔三岔五就有几个“栽”在他们手里，有时还能深挖出一些大案要案。

2004 年 4 月，派出所连续接到群众报案：在新东安市场一至三层，经常有人利用甩钱包的手段诈骗钱财，此案引起了北京市公安局东城分局领导的高度重视。因为这里不仅是王府井商业街规模最大、客流量最多的购物场所，而且一直是国内外游客喜欢的休闲娱乐区，绝不能允许邪恶现象滋生蔓延，一旦露头，只有一个字：打！按照所里部署，谢海宝带领几名保安员立即投入了这场伏击战，一连蹲守了 20 多天。5 月 24 日下午，当犯罪嫌疑人准备再次实施骗术时，谢海宝带领保安员迅速出击，三下两下就把这伙人擒获。顺着这条线索，东城分局一举端掉了一个由 17 名嫌疑人组成的犯罪团伙，破获了一起声震京城的特大诈骗案，抓获网上通缉在逃犯 1 名，破获牵连案件 7 起，缴获被骗赃款 17 万余元。

“打扒”技术成熟　创意王府佳话

随着时间的推移，谢海宝的“打扒”技术日渐成熟，对这份工作也越来越热爱，这甚至还给他带来了很大的快乐，曾经“自编、自导、自演”了一场真实的“打扒戏”，镜头中的主角就是谢海宝。

那是2004年12月31日晚上，节日的灯火把王府井大街装扮得流光溢彩，到处是喜庆的氛围。谢海宝和队员们早早地吃过晚饭，身着便衣穿行在熙熙攘攘的人群中，警惕地搜索着可疑目标。转了几个来回后，突然，谢海宝的视线里闯进一高一矮两个年轻男子，凭经验判断，他立刻认定这是两个老扒手。为了证据充足，防止他们耍花招，谢海宝灵机一动，马上和派出所指挥中心取得联系，告诉他所在的位置，先让监控器镜头对准他，然后依次对准那两名男子，全程跟踪录像。两个老贼怎么也想不到，此刻正有一张无形的大网向他们撒来，只等伸手便被捉。就这样，两个老贼不停地在人群中转来转去，分头行事，先后对10多名过往游客行窃，为了不打草惊蛇，铁证如山，谢海宝和队员们一直严密监视着他们。又过了10多分钟，矮个扒手盯上了一对搭着肩膀亲密行走的情侣，女士身后斜挎着的小包吸引了他的眼球，只见他紧赶几步贴了上去，随手拉开了小包的拉锁，就在那对情侣过马路等车的时候，高个扒手也迅速挤过来帮着矮个扒手用手撑开小包，“噌”地从里面夹出一部手机，两人一对眼神，匆忙转身准备逃离。“上！”谢海宝大吼一声，第一个冲上去，一招就把矮个扒手撂倒，死死地按在地上。高个扒手还没明白怎么回事，也被一跃而上的队友们制得服服帖帖。在派出所里，两名扒手还想编造各种理由狡辩，但是面对监控器中记录下的作案罪证，两人顿时耷拉着脑袋不说话了。谢海宝的这次“打扒”创意，也一直被民警和队友们传为佳话。

多少年来，谢海宝每天下午两点多上岗值勤，一直到晚上10点多钟大街上的商家关门才能下班，有时甚至更晚。沿着近千米的大街每天要走上无数个来回。春秋天还好点儿，夏天大街上的温度高达四五十摄氏度，到冬天低达零下十摄氏度左右。有时为了跟踪“目标”，谢海宝和保安员穿大街、走小巷、爬楼梯、钻商场，一盯就是10多里。有一次跟踪一个“老贼”，白天盯他十几个小时，晚上还要“送”他回家，第二天还要到他暂住地去“接”他，跟踪了整整两年才把他拿下。尽管这份工作很辛苦，也充满了危险，但谢海宝一想到肩上的责任，一走进大街的人群中执行任务，苦和累早就忘得一干二净了，甚至哪天因为开会没有上街执勤，哪天执勤没有抓住一两个窃贼，心里总觉得少了些什么似的，饭也吃不香，觉也睡不好。

事儿就像电影　神奇很难遇到

谢海宝说，这么多年的“打扒”经历，有一件事终生难忘，也对他的内心触动最大。“世间百态，都在一个案子里，这件事就像电影一样，可能电影中都遇不到！”

2005年5月的一天，一位浙江的女事主到派出所报案，称自己的包被一男子拎走，两人在天安门广场认识，游完故宫，到王府井购物时包被拎走。之后几天，又陆续接到几起类似案件，都是外地女性，福建、江苏、上海、浙江哪都有。谢海宝觉得可能是一人所为，通过搭讪伺机犯罪。谢海宝根据报案线索，大致勾勒出犯罪嫌疑人的基本特征：男，30多岁，1米75左右，肤色较黑，上身穿黑色或白色T恤，背双肩包，牛仔裤，旅游鞋。

5月21日下午3点多，新东安市场附近，一名男子闯入谢海宝的视线，跟犯罪嫌疑人基本相似，身边还带着一位20多岁的漂亮女性，俩人进入一家服装店，男子主动给女子拿包，女子拒绝，这一细节，被谢海宝发现，谢海宝觉得该男子就是犯罪嫌疑人，让队员盯住，自己回所里拿相机，隔着天井给他拍照。

“为什么照相啊？”“以前那些报案的都是外地人，没人见过嫌疑人。所以必须让事主确认一下到底是不是犯罪嫌疑人。”随后，这位女士在店里试了几件衣服，包始终由自己拿着。大约五六点钟两人离开，往北走去，进了灯市口一家饭店用餐，当时外面开始下雨，谢海宝带着三名保安员在外面，守了

2 个小时，浑身湿透了，晚上 8 点多，雨停了。两人出来，叫了一辆出租车，谢海宝也叫了一辆车跟着，一直到丰台区的一家洗浴中心，此时，已近晚上 10 点。两人进了洗浴中心，没法再跟了，到这里，都要存包，犯罪嫌疑人不会有机会，而且一时半会儿出不来，人家不动手，就不能抓，只好放弃。

第二天一早，谢海宝赶紧联系以前报案的事主，好不容易联系到一位江苏的，对方和谢海宝确认照片后，判定该男子就是犯罪嫌疑人。谢海宝特别兴奋，虽然没抓到，但还有机会。

5 月 31 日下午 5 点多，该男子又出现在王府井街北口，先在街上水吧买了一杯冷饮，往南走，到王府井南口掏出相机。这时，旁边百货店出来一个 40 多岁的女性，该男子请对方帮忙照相，一连照了几张。之后，二人边走边聊，一直到天安门广场，然后进了一条小胡同，打了一辆人力三轮，往前门方向走。

谢海宝带领保安员一路小跑，在后面追着，直到大栅栏牌楼，只见两人进照相馆洗照片，出来后，勾肩搭背，说说笑笑，到东边胡同的一个服装店试衣服，女的把包递给了男的进了试衣间，男子从背包中掏出塑料袋，把女子的包往里面一装，迅速出来，拐向前门大街，准备打车，此时，谢海宝一行一拥而上，将该男子抓获。

谢海宝到服装店后，看到女的四处找人，一个劲儿问服务员：“我男朋友呢？”谢海宝直接上前说：“你男朋友拿着你的包跑了，被我们逮住了。”当时，这个女的还不信，再看一眼那男的，当场愣住了。随后，谢海宝和保安员将两人带回派出所。

京城“打扒”能手　付出必有回报

成功背后是艰辛的付出，谢海宝从事保安工作后，由于工作的特殊性，在家没过过一个春节，不能履行孝敬、照顾父母的义务，对于父亲，谢海宝留下了终生遗憾。2004 年 7 月，年过七旬的老父亲被诊断为癌症晚期，谢海宝得知病情后非常着急，当时正值“严打”期间，他不能离开工作岗位，就只好打电话安慰老父亲好好治病，之后又全身心地投入到安保工作中。“严打”结束后，派出所领导专门安排谢海宝回家照顾老人，他只在家待了 10 天，便返回了北京。临行前，躺在床上的老父亲紧紧地拉住谢海宝的手，使劲地攥着，虽然病痛已经把老父亲折磨得连站起来的力气都没有，但是，谢海宝却能感到自己的手被老父亲攥得酸疼，老父亲笑着看着谢海宝，两行老泪悄悄地流下，哽咽了半天才挤出一句话：“海宝，好好干，给爹争气！”谢海宝扑通一声跪在床边，冲着父亲使劲地点头，眼泪忍不住夺眶而出……谢海宝回到北京的第 10 天，老父亲就静静地走了，永远地离开了人世。谢海宝知道老父亲不会埋怨他，更不会怪自己的儿子没有尽孝心，因为，谢海宝一直牢记着老父亲临终前对他说的那句话，一直在好好地干着这份工作，一直没忘给父母亲、给家乡人民增光添彩，无愧于自己，无愧于职责，无愧于首都！

这么多年来，谢海宝浑身上下好像憋着一股劲，虽然自己没有高等学历，也不是土生土长的北京人，只是首都保安战线中普普通通的一员，但他相信，无论从事什么行业，只要抱着“咬定青山不放松”的念头，只要一门心思扎进本职工作中，同样会取得成绩，同样会干得出色！近 10 年来，谢海宝协助公安机关抓获各类违法犯罪嫌疑人 500 余人，有效地协助公安机关维护了王府井地区的社会治安秩序，使“金街”的发案率下降了 30%，所带领的保安队连续四年被北京市保安服务总公司授予集体二等功，成为捍卫一方平安的重要力量。

付出必有回报。谢海宝的辛勤汗水得到了领导和社会的肯定，先后荣立个人二等功 2 次、三等功 4 次，个人嘉奖 4 次，2 次被北京市公安局评为“市级先进个人”，12 次受到公安机关和北京市保安服务总公司的表彰奖励，并被授予“首都十佳保安员”称号。中央电视台、北京电视台、《北京日报》《北京青年报》等多家新闻媒体先后报道了他的事迹。2005 年他被评为“全国劳动模范”“北京市劳动模范”。

谢海宝深深地懂得，这份荣誉是何等的来之不易，它记录着他从一名庄稼地出身的农民成长为一名享誉京城的“打扒能手”，从一名普通的保安员成长为一名优秀的保安队长，从一名外来打工青年成长为全国劳动模范和北京市劳动模范的真实历程；他更知道这份沉甸甸的荣誉代表着什么，它不仅仅是激励他奋斗不息的巨大动力，而且还赋予了他和所有保安员战友们重于泰山的职责！他要用自己的青春和热血，为保卫首都平安作出新的、更大的贡献。

作者：赵德印

傅秋峰 北京市保安服务总公司朝阳分公司。2011年“第三届全国优秀保安员”，2015年“北京市劳动模范”。

辅警“神鹰”铁血忠魂

呼家楼派出所辖的2.8平方公里，是首都充满浓郁现代化气息的中心地带。北京中央商务区、高档宾馆、饭店、写字楼星罗棋布，10多个居民社区与6条主要干道，数十个街巷胡同交相辉映，每天都展示着车水马龙、人头攒动的巨幅场景。

不论是雨雪纷飞，还是艳阳高照；不论是晨曦微露，还是华灯初上，人们

可能不会注意到，经常有一辆面包车穿行于大街小巷之中。

这辆车普通得不能再普通，开车的人更是平凡得不能再平凡。

花白头发，棕色皮肤，一口京腔，面带和善。乍看乍听，他跟北京普通面的车司机没啥区别。但是细细打量，一双犀利、威严的眼睛时刻保持警觉，方寸之间每一处异常都难逃他那双独具的“鹰眼”！

他就是北京市保安服务总公司朝阳分公司驻呼家楼派出所保安中队队长、守护一方平安的傅秋峰，被警民誉为辅警“神鹰”。

傅秋峰，这个十几岁就从河南老家来到首都北京当保安的“七零后”，十几年来带领保安员协助公安机关抓获各类违法犯罪嫌疑人 3492 人，破获刑事案件 452 起、治安案件 896 起，挽回直接经济损失 1589904 元。他曾获得“全国优秀保安员”“保安之星”“北京市劳动模范”等多项光荣称号，个人荣立过一等功 1 次、二等功 3 次、三等功 5 次，他所带领的保安中队曾集体荣立二等功 2 次、三等功 5 次，曾获得朝阳区委授予的“十佳进京创业青年先进集体”的光荣称号。

怀揣孝心的抓贼“神鹰”

傅秋峰，河南省舞钢市人，1971 年 5 月出生，不到 1 岁时父亲去世，母亲一人支撑起包括他在内的 5 个孩子的单亲之家。

1989 年春节，傅秋峰提出外出打工的想法，起初家人不同意。他安慰母亲道：“挣到钱以后让您老人家过好日子。”积极乐观、从不爱流泪的母亲临别时拉着小儿子的手，未语泪流……那一刻深印在傅秋峰的脑海，永生难忘！

怀揣一颗孝顺母亲的赤子初心，傅秋峰辗转来到北京市保安服务总公司朝阳分公司干起保安。几个月的训练后，1990 年 10 月，他走上保安的岗位，从防火、防盗的基础做起，磨炼了 11 年。2001 年 8 月，公司组建社区专职保安队伍，他走上呼家楼派出所专职辅警岗位，一干就是 15 年，后任专职保安中队队长。

三十出头的傅秋峰自从来到派出所，就开始了与人民警察朝夕相处的日子。渐渐地，他被民警一心为民的神圣使命和行动深深感染。他暗下决心，做一名民警好帮手。他虚心向联防队的抓贼能手田队长求教，抽时间就看电视台法制在线栏目，汲取实战经验。

当时还未成家的“王老五”傅秋峰，每天骑着那辆“除了车铃不响，哪儿都响”的破自行车，走街串巷，训练眼力和能力。

开始时，辅警按一区四人分配，工资只有350元，后来经过多次改革，人员从60人精减到30人。傅秋峰靠实力留了下来，这主要是因为他“眼”里有活儿，缺位补位并乐于助人，加之他对辅警工作的执着钻研和不断实践，很快得到重视和重用。

傅秋峰说，抓贼也容易上瘾。最初两次的抓贼经历，让他至今念念不忘。

第一次抓贼，他描述为：“贼笨，不像现在这么精；抓贼人也笨，眼没现在这么尖。”2001年12月，在京广大厦西南角，傅秋峰运用跟师傅学的经验和自己的体会，作出了判断，在偷车人把一辆捷安特自行车藏进灯泡厂一米多高的蒿草丛里时，抓了个现行。

第二次抓贼，让他从此上了瘾。2002年暮秋，凌晨3点多，他带着几个人在朝阳小庄路口巡逻时，发现3名偷电缆的盗贼，随即三下五除二把他们现场抓获。民警高队长得知此事很高兴，夸奖他：“你小子干得不错，回头我请你吃饭！”

虚心好学、勤学苦练的傅秋峰感到十分欣慰，打那时起抓贼便越来越有瘾，辅警技能也越来越娴熟。

“贼有贼道，贼走贼道。”傅秋峰说，“如果不是长期训练练就的眼神，你看不出来谁是贼。”

傅秋峰对公园、地铁口、十字路、高架桥等犯罪高发地段，以及四环外平房一带的盗贼“窝居”地形十分熟悉；对他们“拉帮结派”的生活习性，也了如指掌。

2003年成功破获的一起仿真枪抢劫案便是实例。一天清晨，傅秋峰和队员步行巡逻至小庄路口，发现针织路南口隔离带上有 3 个鬼鬼祟祟的人从南往北行走。他用插卡电话跟队里汇报情况后，便和队员在坑洼不平的马路上悄悄跟踪嫌疑人。约 10 分钟，行至京广桥时增援人员赶到，傅秋峰带头拦截住这伙人进行盘问，搜出仿真枪 1 把、匕首 2 把，随后将嫌疑人带回派出所审查。犯罪嫌疑人交代了管界周边前后发生的 5 起拦路抢劫案，都是作案当天再坐长途返回河南。

2013 年，一个抓现行的案例更加证明了傅秋峰的抓贼实力。9 月 5 日晚 8 点 30 分左右，傅秋峰带队员在辖区东大桥沿线巡逻，一则通报映入眼帘：自国贸桥到潘家园刚刚发生 2 起骑车抢劫案件，两人骑一辆黑色踏板摩托车……

“贼小子，能耐大了，敢在此撒野！”傅秋峰当即打开对讲机：“全体队员听着！……”他把队员集中到世贸天阶至东大桥路口地段。

当晚 8 点 50 分，一身着黑色上衣和一身着白色上衣的 2 名嫌疑人进入大家视线。傅秋峰一面组织队员跟踪嫌疑人，一面向所里汇报，并向监控室打

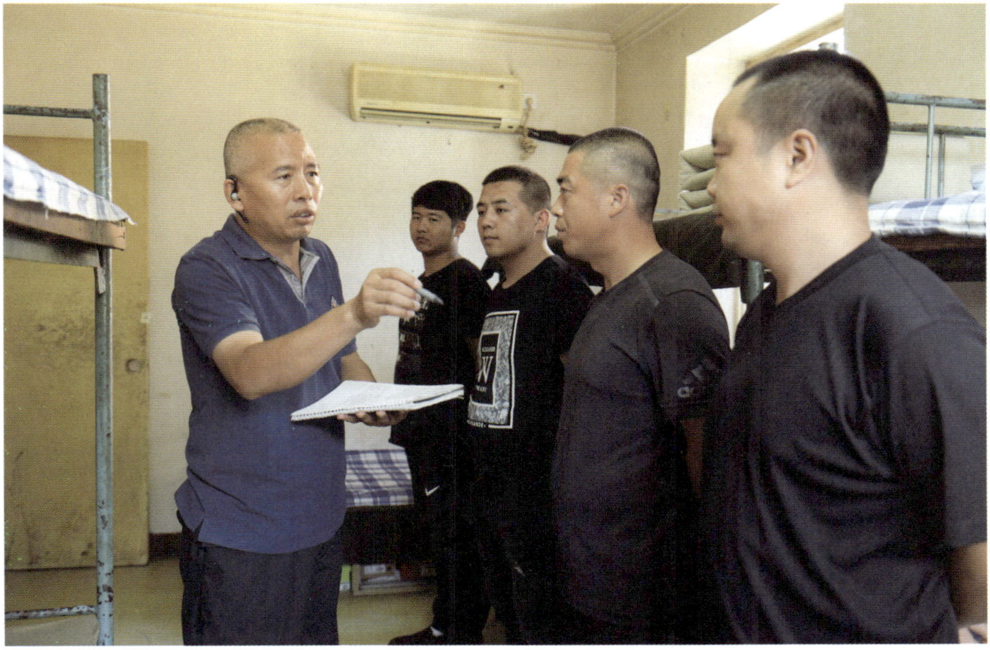

电话严密跟踪。两人十分狡猾，一前一后骑在并未熄火的车上保持滑行，伺机抢完就跑。肿瘤医院南门右侧，一条车辆无法进入的窄巷边，两人在一个水果摊边五六米的空当处停下，掉头。突然，一辆扬着尘土的面包车挡在了他们的面前，原来，傅秋峰一个右把轮用车堵住了两人去路。

嫌疑人“醒”了，想逃，却被“鹰”一样扑出的傅秋峰按倒在地，动弹不得，驾车男子窜出 2 米后也被赶到的队员抓获。2 名嫌疑人对刚抢到一部价值 3000 元的手机和 500 元现金的事实，供认不讳。

从报案到抓获，前后不到 20 分钟的抓现行惊心动魄。另一则现场破获入室盗窃案例，更是让傅秋峰威名远扬。

2016 年 4 月 29 日凌晨 4 点，傅秋峰驾车带便衣队员巡逻时，接到监控室队员王大斌通知，金台里 14 号楼发生一起入室盗窃案，嫌疑人刚刚离开现场。傅秋峰带着队员快速向事发地点集结，行至小庄路口，发现 2 名戴蓝色口罩的男子不时观望小区或楼房，形迹可疑。眼前两人逃不出傅秋峰的那双锐利鹰眼，其形象与王大斌传过来的嫌疑人视频及照片特征相符。他一边通知队员合围，一边汇报并通知巡逻车组支援。2 名男子打车行至延静里中街南

口时，被辅警队员和增援的巡逻车组联合控制。

多年来，每逢周末的后半夜，傅秋峰都带队员在街面巡逻，最多时，他一天捉三拨嫌疑人。一次，他上午抓了2名诈骗分子，中午抓了2名偷车贼，半夜又抓了一拨偷盗电动自行车的团伙，当天合计抓获犯罪嫌疑人9名。

这种抓现行“稳、准、狠、快”的技法和英武神勇的气概让傅秋峰成为不法分子闻风丧胆的“天敌”，让当地百姓拍手称快。

“铁汉”取证稳如铁

抓现行难，调查取证更难。如果说抓现行需要眼疾手快，技高一筹，那么取证不仅要设备精良，还要有耐力和意志。

自从2006年所里给傅秋峰配备了一台摄像机之后，他经常在隐蔽处拍摄嫌疑人的异常举动，获取原始证据，采取监控室视频巡控和现场布控的双向联动，抓住时机迅速收网。5年间，他拍摄嫌疑人作案现场的盒带有40多盘，依据视频证据刑拘44人，治拘72人。

2006年6月13日，中午12点，傅秋峰根据CBD地区的警情，亲自布控并蹲守。一辆由2名男子驾驶的电动三轮车引起他的注意，根据经验，傅秋峰判断二人有犯罪嫌疑，他悄悄地打开携带的录像机。嘉里中心大厦南侧，2名男子窥视停放在路边的一辆电动自行车，其中一人卸下电动车电瓶时发现了跟踪队员，扔下电瓶仓皇逃窜。说时迟，那时快，傅秋峰和队员奋力追击，将两人抓获。审查时，两人拒不承认盗窃行为。民警播放录像资料，记录清晰的作案过程让他们无言以对，证据面前，他们供认了盗窃行为，承认了“惯偷”事实。

傅秋峰获取的视频证据不仅有助于公安机关缩短办案流程，还提升了办案效率，对拒不交代违法犯罪事实的嫌疑人实现零口供收案，多次受到公安机关法制部门的赞扬和推广。

2014年7月24日下午2点多，在建外SOHO附近吃完饭的傅秋峰骑着摩托车像往常一样，习惯性地用眼睛巡视四周。行至中环世贸大厦路口时，2

名骑摩托车的男子引起他的注意，便悄悄追踪。两人骑至大厦西侧路边，环顾四周无人便将一辆轿车玻璃砸碎，将车内的挎包偷走。

隐蔽处，傅秋峰一边用手机拍照取证，一边向派出所反馈情况，继续跟踪。2名男子驾驶摩托车在建外SOHO附近以及欢乐谷游乐园路口，又将2辆车玻璃砸碎盗窃，而后迅速溜进十八里店乡年庄村附近失去踪迹。接到傅秋峰反映的线索，民警立刻查看其拍摄的2名男子砸车盗窃过程录像，确定两人是犯罪嫌疑人。

8月7日，上午11点多，一个身穿白色T恤的男子骑一辆黑色摩托车从年庄村北口出来，傅秋峰认出该男子就是2名砸车盗窃嫌疑人之一，立即对其跟踪。下午1点多，该男子骑摩托行至朝阳区北京现代4S店的北侧，把车停在便道上，对停在路两侧的轿车挨个儿窥视。见四周没人，从摩托车储物箱内取出手套，戴上帽子，手持锐物将一辆现代车的左后车窗玻璃砸坏，从车内后座偷出包物，然后骑上摩托加大油门提速逃离。整个过程被队员张伟志用手机完整记录下来。

8月14日，傅秋峰继续在年庄村北口蹲守。中午12点30分，傅秋峰发现一周前身穿白色T恤骑摩托车的男子驾驶一辆黑色雪佛兰科鲁兹轿车从村口外出，在对方行至南磨房并进入工商银行时，傅秋峰接到上级指令，趁其不备将该男子抓获。

搜查发现砸车用自制钢锥1个，起获该车后备厢里手机、各种名包等赃物8件，后又在该男子暂住地继续搜查，起获作案自制钢锥工具3个、手机2部、台式电脑及笔记本电脑3台，此外，还有一些名包等若干赃物。

蹲守几天几夜抓来的嫌疑人拒不交代犯罪事实，面对民警审查，却又说不清作案工具及物品来源。根据播放傅秋峰和同事们分别在不同时段、地段拍摄的犯罪嫌疑人砸盗车内物品的视频录像证据，最终，犯罪嫌疑人难逃法网，被公安机关依法刑事拘留。

傅秋峰带领的社区专职辅警中队与派出所技防监控密切配合，运用科技手段，提升“打防控”的效率，实现了主动控制、精准打击的工作目标，他

因意志坚强和取证如铁被警民誉为“铁汉”。

十五年坚守第一线　侠骨柔肠心系民

“傅队，注意大厦入口处白帽女子动向。”

“什么情况？”

“很鬼，在大厦西侧停车处转了好几圈……”

“特征！”

“二十来岁，中等个儿，白太阳帽，蓝色上衣，双肩包。”

“收到。”

2016 年的 8 月 8 日，14 点 10 分，接到监控室打来的电话后，傅秋峰开着五菱面包在国贸大厦四周转了一圈又一圈。

那天天气异常闷热。繁华都市到处闪着白花花耀眼的光，打开车窗的瞬间，一股热浪扑面而来，他不由得眯起眼睛在人群中努力搜寻。昨晚值勤到现在连续十几个小时，他还未合过眼。

15 点 30 分，傅秋峰在国贸大厦北侧路旁停车处，发现一名女子和另一名白帽女子说话……一人放风并用雨伞遮挡，为其同伙掩护，对一辆电动车进行撬盗，傅秋峰指挥便衣立即合围。

一个多小时的蹲守和排查后，2 名犯罪嫌疑人被抓获。

“贼不走空。”傅秋峰自嘲地咧嘴笑了笑，被紫外线长期照射的咖啡色面庞露出洁白的牙齿。

地区发案了，他千方百计想办法调取监控资料查找嫌疑，锁定目标；他上早班蹲守扒手，返回的路上发现盗车贼，便“搂草打兔子”抓获现行；有时外出办事，他是人走到哪儿，眼睛盯到哪儿，不法分子一动手，就会被抓个正着，用一句反语就叫“贼不走空”。

“自行车被盗看起来是小事，但对老百姓来说就是大事。”

“我抓捕嫌疑人时先后受伤 6 次，当年化脓感染的腿伤至今仍会疼，甚至会感觉神经的伤痛。”

“嫌疑人作案时间没有规律可言，十几年来，我很少正点吃饭、休息，有时梦里都在抓贼……”

19 岁的傅秋峰成为首都一名保安员，30 岁那年成为一名专职辅警，在呼家楼派出所一干就是 15 年。

15 年默默坚守，他付出了自己美好的青春年华；15 年倾情奉献，他为维护首都稳定付出了血汗；15 年风风雨雨，他坚守在辅警岗位最危险的前线。

他的工作环境、所处地位和所得报酬与同一区域的白领相比，有天壤之别，可这个憨实的汉子却不为各种诱惑和利益所动，以平和的心态默默坚守岗位！无论是步行、骑车还是开车巡逻，他总是把打击违法犯罪放在第一位。

他长年累月吃住在保安队，警情就是命令；他的日历上没有节假日，只要有情况，他就做到“敌”动“我”动；他也不分白天黑夜，像公安民警一样，24 小时保持通信畅通。从 2003 年起，他开着派出所给保安队的第一辆松花江面的巡逻，2007 年开着第二辆五菱荣光巡逻，13 年间，累计加班加点 14235 小时，跑了约 20 万公里，相当于环绕呼家楼派出所管界 19230 圈。

“老傅，告诉你一声，我家摩托车找回来了，让你受累了啊。”

傅秋峰对罪犯铁面无私，对百姓“菩萨”心肠，谁家丢了车，谁家出了情况，他都会记挂在心，该上前上前，该帮忙帮忙，全力以赴帮助解决难题，跟社区的大爷大妈建立了深厚的友谊。东西追回来了，特意跑到派出所告诉一声，其实是希望傅秋峰别再惦记，别再累着了。

“母亲把我拉扯大，她告诉我做实在人，干实在事。”傅秋峰，这位十几年如一日奋战在一线，把青春和汗水挥洒在“平安北京”建设中的青年；这位浑身伤痕累累，面对危险眼睛都不眨的硬汉；遇到抢劫、扒窃、偷车、砸车、街头诈骗等各类案件，能迅速出击“神鹰”一样的辅警，谈到自己不能为母亲守孝时，每每落泪……

傅秋峰心中有一个伤痛就是愧对自己的老母亲。当初怀着孝敬母亲的初心来到北京当保安，然而 26 年只回过 4 次家，累计只有 35 天。2008 年母亲病重，所里给他假让他回去多陪老人几天，陪伴母亲的那些日子里，他一边舍不得病床上睁开眼就用目光寻找他的母亲，一边日夜牵挂着首都实现百年奥运梦想的安保工作，最后他哄着老人家说：“妈，我得回去给您挣钱，要不您又没钱花了。”就这样，在老人身边守了七天他便返回岗位。奥运安保任务结束后母亲病危消息传来，他立刻买票，深夜返乡，千呼万唤之后，母亲睁开眼睛看了他最后一眼，咽下最后一口气。

“内心最对不起的就是我的母亲……还有我的妻子……”对生他养他的母亲来说，傅秋峰尽的孝心可能太少了，但作为第二故乡首都来说，傅秋峰却把辅警守护一方平安的赤诚之心献给了这里的老百姓。

中年的傅秋峰膝下仍无子女，忙起来，根本顾不上家。妻子怀孕了，傅秋峰因工作情况割舍了与小生命碰面的机会。他抚摸着养了八年的流浪狗“妞妞”，仿佛抚摸着内心的隐痛……

“各色”队长但愿天下无贼

“我这人‘各色’，认准的事儿干不成不死心。”

一次联合抓赌，他带领 10 名保安员配合分局和派出所打击聚众赌博场所，抓获 20 余名涉嫌参与赌博的人员，收缴赌资几万元。搜查时，民警发现藏匿子弹 168 发，却未找到枪支。上级下达收队指令，而傅秋峰却没有“收”的意思。在民警的带领下，他又搜寻了房屋的旮旯，仍是一无所获。

傅秋峰仍不死心，请求再次检查。民警和保安人员都捏着汗，一边绷紧神经加紧防范，一边紧盯这个“各色”队长的一举一动。

傅秋峰拿着一根铁棍轻轻敲打屋顶、墙壁、暖气罩等部位。敲打暖气罩时发现松动，他趴在地上，看见暖气下面有用纸包裹的物品，取出打开，一支双管猎枪，打开另一个暖气罩，又发现两支单管猎枪。他的这种“各色”劲儿从此便出了名儿。

“有多少抓多少，希望把天下贼都抓光。”2006 年，东大桥报亭的丁老板找到傅秋峰，转告团伙“贼老大”的委托：好手机随便挑，要多少钱随便给，以后别再抓贼了，他们快没生意了。傅秋峰义正词严地让丁老板转告贼伙们：“来一次抓一次，一个也跑不了。”从此，盗贼绕着傅秋峰的管界走。

“从内心来说，还是希望天下无贼。”一天深夜，傅秋峰抓住一个偷车嫌疑人。第二天，他在看守所看着这个眉清目秀，不过二十来岁的老乡，心生怜惜之情。一番苦口婆心后，青年发誓，如果您再发现我偷，我就拿刀把手指头剁了！从看守所出来后，青年做起小商品买卖，经常给傅秋峰发短信道好，送个祝福，不忘傅秋峰当年劝他迷途知返的恩德。

一次，傅秋峰路过一家小超市，超市老板盯着他好一阵子才说：“您还认得我吗？三年前……”原来此人就是他的“扒手”老乡。当年经傅秋峰说服教育后，青年走向正常的生活，开了这家烟酒店。“中午，我请您喝一杯。”傅秋峰那天正赶着值勤，道谢后匆忙离去。

2016 年 8 月的一天正午，傅秋峰仍在繁华地带开车巡视，一个举止异常的蓝衣男子进入他的视线。他从后座上拿起录像机，一只手打开录像机的镜头盖，另一只手把握着方向盘，监控室还不断传来追踪信号，不时再腾出手接听对话，此时他希望自己拥有三头六臂。

一个行人让傅秋峰踩了一脚刹车，再抬头，蓝衣男子的身影消失在视线里，那一片无论是人眼还是监控都无法看到。傅秋峰并不死心，他把车紧贴着马路牙子行驶并打开了车窗，探出头来往胡同深处张望。

正午的阳光照着他满头的白发，45 岁的傅秋峰显得比实际年龄苍老得多……

作者：李灵

北京振远
YY0201
基地副主任

陈康崇 北京振远护卫中心。2011年“第三届全国优秀保安员”。

心随振远筑平安

从零起步

一天中的早晨和傍晚，是北京道路最为拥堵的时段，这两个时段被称为早高峰和晚高峰。所有到过北京的人，都有着深刻的体验——要在这两个时段，开车从一个地方到另一个地方，那真是太难了！很多有车族因此放弃开车，选择绿色出行。但就在这两个时段，有一种涂刷着深绿色外装的依维柯

汽车，会准时从北京的16个基地出发，汇入没有尽头的车流。无论眼前的路况如何拥堵，他们总是义无反顾、勇往直前，驶向一个个目的地。这种深绿色的依维柯汽车的车身上都喷涂着四个非常醒目的大字——“振远护卫”。

这两个时段行驶在路上的“振远护卫”并不多，加在一起也只有一千余辆，在北京的几百万辆机动车中只占很小的一部分。但是，这些“振远护卫”的车辆能否准时到达目的地，却关系着首都经济命脉。因为在这些车辆里面押运的是百姓每天生活都必不可少的东西——人民币，以及其他在全球流通的各种主要货币。

如果遍布北京大街小巷的各家银行的营业部开门营业了，顾客却取不到钱，那场面真是无法想象。

我问陈康崇，这种事情会出现吗？

他十分肯定地回答我：“只要是振远护卫中心承担这项任务一天，就不会出现这种问题！”

北京振远护卫中心是我国第一家专门从事武装押运的保安服务公司，具有一流的装备和管理体系，是目前国内企业规模最大、综合实力最强、技术水平最高的专业武装押运服务企业。

记住这个日子：1996年5月8日。

这天，北京振远护卫中心（成立时名为北京振远护运中心，2002年4月，更名为北京振远护卫中心）正式成立并挂牌运营。就在中心成立的这天，陈康崇作为其中的一员站在队列中。他的职务是振远护卫中心护卫队队长。振远护卫的护卫队队长，其岗位的重要性不言而喻。但就如同北京振远护卫中心的成立标志着中国现代押运业的诞生一样，护卫中心的护卫队队长也是一个全新的岗位。如何做好工作，对陈康崇来说，真是一个全新的课题。

让我们先来了解一下陈康崇这个人。

1969年3月，陈康崇出生在湖南省新化县。这是一个普通的农民家庭。1987年11月，只有初中文化程度的陈康崇应征入伍。1991年12月，在部队服役4年的陈康崇复员，进入北京内燃机厂，成为一名经济民警。1996年，随着企业改制、身份转变以及北京振远护卫中心成立，陈康崇成为一名保安。

振远护卫中心成立伊始，将工作突出、素质过硬的陈康崇任命为第一任护卫队队长。

这个队长可不是好当的。

振远护卫中心成立初期，既没有任何经验可以借鉴，也没有完善的规章制度和管理模式可以遵循，一切都从零开始。既然是企业化运行，如何用规范化的管理来赢得用户的信任，是摆在陈康崇面前的首要问题。

做保安这一行，陈康崇已经驾轻就熟。对于突发事件的处理，他也积累了丰富的经验。

1994 年 11 月 20 日，北内集团总公司租用的班车在通过朝阳区老君堂无人看管的铁路道口时与火车相撞，造成 26 人死亡、30 余人受伤的重大交通事故。事故发生的时候，陈康崇正在组织队员出操。紧急电铃声就是召唤，陈康崇从护卫队挑选了 20 名队员迅速赶到事故地点，配合公安、武警一起搬运遇难者遗体，转运伤员，清理现场。由于火车撞击力太大，一名死者被撞出上百米远，陈康崇带领护卫队员搜寻到第二天下午才在一个水塘里把遗体打捞上来。由于对突发事件处理得及时果断，陈康崇的工作得到了北内集团领导的好评。

进入振远护卫中心后，陈康崇首先从队伍建设入手，力求打造一支素质超群、业务过硬、团结一致的护卫队伍。

他从押运勤务工作抓起，从车组人员上下款如何警戒站位、如何护卫，押运途中如何汇报联络，遇有突发情况如何处置等每一环节严抓细抠。每天晚上，他都要召集各级骨干进行勤务研究，充分发挥大家的聪明才智，集思广益，为新队伍的建设积累了第一手资料。

作为专业的金融押运队伍，要确保护卫财产的安全，严防犯罪分子图谋盗抢，护卫人员需要具有过硬的军事素质。振远护卫中心成立之初，护卫队员入队时间长短不一，军事素质也参差不齐。陈康崇凭着在部队练就的过硬军事本领，带领队伍强化军事训练，向队员们传授“平时多流汗，战时少流血”的思想，高喊“流血流汗不流泪，掉皮掉肉不掉队”的口号。训练场上，他身先士卒，和队员们一起摸爬滚打，并不厌其烦地对他们进行讲解。特别是在组织倒功训练时，他为了让队员们掌握动作要领，一遍又一遍地示范，手掌、肘部等部位都摔肿了、脱皮了。因擦伤处感染化脓，衣服被肘部的脓血粘住，休息时竟难以脱下，但他从没皱一下眉头，没说过一句怨言。他的言行深深地感动了全体队员，极大地激发了队员吃苦训练的热情，最终带领队伍实现了整体军事素质的进步和飞跃。

在加强思想教育和身体力行的同时，陈康崇协助中心制定出了适合护卫工作特点的规章制度和各类人员职责，并在实践中不断提出修改意见，前后向中心提供数万字的文字材料，为中心后来正式出版印刷《护卫勤务规程》和《规章制度》作出了极大贡献。

在陈康崇的带领下，北京振远护卫中心的护卫队伍迅速成长起来。

1996 年 10 月 30 日，北京市公安局与北京振远护卫中心在丰台区丰台路口的一所银行营业部进行了中心成立后的第一次联合防抢劫演练。时任市委

政法委书记强卫亲临现场指挥。陈康崇带领 8 名队员参加演练。这次演练针对振远押运员遇到突发情况如何处置，对报警流程、公安接处警、协同配合、抓捕犯罪分子等环节，进行了一次全面检验。通过这次演练，总结经验，为日后振远护卫中心处置突发事件工作奠定了基础。

“一流管理、一流素质、一流装备、一流服务”的发展理念，使振远护卫中心的管理日益规范，树立了良好的企业形象，既赢得了银行等客户单位的一致赞赏，也引起了众多媒体的广泛关注。《文汇报》《中国青年报》《北京青年报》《金融日报》和北京电视台等许多媒体都对振远护卫中心做了连续报道。出现在报纸上、电视中的振远护卫中心队员威武勇猛的形象，吸引了无数人的目光，振远护卫中心也闪亮地走进了百姓心中。

重任在肩

从首都机场到东二环边上的保利大厦，直线距离不到 40 公里，开起车来，正常行驶也就 30 分钟。在交通状况不太好的情况下，也用不了太多时间。但是，在 2000 年 5 月 25 日这一天，当三辆涂有“振远护卫”标志的押运车行驶在这段路时，它们走过的每一公里、度过的每一分钟，都吸引了全世界的目光。这是为什么呢？

原来，在 2000 年年初，发生了一件在华人世界引起巨大轰动的事件。当时，被外国侵略者掠走、流失海外 140 年的三件圆明园国宝——牛首、猴首和虎首突然现身香港的拍卖市场。在国人收回国宝的呼吁声中，中国保利集团艺术博物馆以 3317 万元港币的价格，从香港嘉士德和苏富比两家拍卖行竞买回了这三件文物。

2000 年 5 月 25 日，中国保利集团将三件圆明园文物从香港运回北京。5 月 29 日，这三件文物在北京保利大厦博物馆面向公众展出。当天就有上千北京市民涌进博物馆参观文物。三件圆明园文物吸引了全球华人的目光。有关这三件文物的一举一动，都牵引着无数人的心。

从首都机场押运这三件文物到保利大厦的重任落在了振远护卫中心的身上。护卫中心任命陈康崇担任押运组组长。

越是引人瞩目的事情，做好安保工作的责任就越重大。那天上路的有三辆押运车和两辆警车。随行的还有 40 多家媒体记者，准备随时发布情况报道。

接到任务的那一刻起，陈康崇心潮澎湃。那一幕幕历史画面不断浮现在眼前。牛首、猴首、虎首铜雕是圆明园西洋楼前大水法的遗物。大水法以兽首人身的十二生肖，代表一天的十二个时辰，每天按时依次喷水，至正午时十二生肖同时喷水，场面壮观。1860 年，英法联军入侵北京，报时喷泉惨遭破坏，生肖头像流失海外。这三件文物既是中华民族优秀传统文化的代表，也是中华民族历史耻辱的见证。

押运三件文物，东西虽小，意义重大；路程虽短，使命崇高。

陈康崇立即从护卫队精心挑选了 20 名能力出众的押运员，按照严格的时间要求，准时到达首都机场。

很多媒体把三件文物从香港运回北京的消息发布了出去，甚至具体到转运的时间和地点。很多市民得知此消息后，都聚到沿路上围观。

这既使陈康崇感到万分荣耀，也让他更加紧张，因为突发事件随时可能出现。陈康崇要求车上的押运员精力高度集中，不要受同车随行记者的干扰，严阵以待，按照预案迅速处置可能出现的意外情况。

三件文物从飞机转到押运车，再被安全地送至保利大厦的那一刻，振远押运员的一举一动，都在记者的严密监视之下。最终三件文物的押运任务圆满完成。

押运员的威武形象，严以待阵的警戒，赢得了记者们的好评。在众多媒体的报道中，振远护卫中心收获了一片赞美声。这样重大的任务，振远护卫中心以及陈康崇承担了不止一次。

2002 年 11 月，护送以清明上河图为代表的中国故宫博物院藏品赴上海展出；2002 年 12 月，护送八大处灵光寺释迦牟尼佛牙舍利赴泰国展出；2005 年 9 月，圆满完成足球世界杯大力神杯来华展览期间的押运守卫任务。

1996 年 12 月 24 日，振远护卫中心执行第一次跨省长途押运任务，为北京市财政局押运国库券残券 25 亿元到河北省蓉城造纸厂销毁。陈康崇担任押运组长。早晨，当车队行驶到杜家坎收费站时，起雾了，收费人员要求车辆减速慢行。当车行驶到琉璃河收费站附近时，因雾大路上发生多起重大交通事故，高速路被封道，押运车队无法前行。任务紧急，一旦停驶就不能按预定时间到达。陈康崇及时请示中心领导，由中心与当地交管部门协调，最终同意了他们上路的请求。但大雾天在高速路上行驶十分危险，为确保安全，陈康崇要求押运车司机将车速降到每小时 5 公里，观察哨睁大眼睛，目不转睛地盯着前方。经过 7 个多小时的行驶，下午 3 点，陈康崇带着他的车队安全抵达目的地，圆满完成了任务。

2008 年北京奥运会，振远护卫中心承担了八项任务。陈康崇所在的中心第一基地有 14 个车组承担了奥运奖牌、枪支的押运和 BOB 的守卫任务。为确保每一个车组和守卫组万无一失，陈康崇积极学习奥运安保知识，深入每一个执勤点进行踏勘，制定押运和守卫勤务方案，为车组押运和守卫组执勤打下了坚实的基础。在马拉松比赛期间，陈康崇亲自带领 4 名护卫员在鸟巢南边的大楼上值守了两天两夜，确保了马拉松转播设备的安全和马拉松比赛的正常转播。

党的十八大安保期间，陈康崇同志作为一名党员、一名大队长，面对安全保卫战周期长、任务重、挑战多、压力大的难点，勇挑重担，把对党的忠诚全部倾注在工作岗位上。按照振远护卫中心安保工作方案，他带领全体押运人员迅速行动，全力以赴做好守押工作。他立足本职岗位，扎实干好本职工作，忠实履行职责，随时听从组织召唤，时刻准备参加到应急救援的第一线，充分发扬了振远人特别能吃苦、特别能战斗的优秀品质，以蓬勃的朝气、昂扬的锐气，为会议胜利召开作出积极贡献。在此期间，他用最高的标准、最严的要求、最佳的状态、最强的作风，圆满完成了各项安保任务。

基地为家

北京振远护卫中心第一基地位于大兴区西红门镇，占地 23.8 亩，建筑面积约 12196 平方米。东靠京开路，北临京良路。陈康崇工作的岗位就在这里。

北京振远护卫中心的工作分为金融押运、巡逻守卫、现金清分三大部分。在金融押运业务方面，担负着首都国有、商业、外资性质的 34 家银行，

1300家支行，22000余个营业网点的金融押运任务，以及为280余家单位提供款箱寄存服务，日寄存款箱达到15600余箱；在巡逻守卫业务方面，担负全市关系国计民生的电、气、热、金融等基础设施要害单位、中央国家机关部委、市属党政机关、大型企事业单位、合资企业、高等院校的59个合同单位、382个驻勤点的内部守卫任务；在现金清分业务方面，担负着12家银行的3350余台ATM机清加钞服务，日均加钞量达到近2亿元，为7家银行提供现金清分服务，日均清分量达到6500万元。11000余名工作人员分布在北京的16家基地，这些基地维护着中心的运转。做好基地建设，是中心工作的重要一环。

“基地就是我的家”，这是陈康崇常说的一句话。他是这样说的，也是这样做的。

1996年8月，陈康崇接到老家打来的电话。他在老家的妻子的预产期就要到了，父母让他尽快回家照顾妻子生产。这可是人生大事啊！陈康崇既兴奋又紧张。他赶快写好休假申请，打好行装，只等领导批准即踏上归程。就在这时，基地接到中心通知。为增强实战中的指挥、协调和处置能力，公安机关和振远护卫中心要联合组织一次运钞车防抢劫实战演练。中心领导点名要陈康崇负责此次演练的组织指挥任务。家里即将出生的孩子和必不可缺的工作，孰轻孰重，陈康崇心中自有斟酌。他二话没说，将休假申请锁到抽屉里，转身便挑选队员着手进行对抗训练。就在训练期间，妻子难产，需要剖宫，医生让家属签字询问，如果发生意外是保大人还是保孩子。陈康崇的母亲顿时没了主意，一连打了五六个电话，催陈康崇马上回去。陈康崇告诉母亲，他这儿的工作实在走不开。一向性格温和的母亲气得在电话里骂他：“你这个没良心的东西，到底是你的工作重要，还是老婆、孩子的性命重要？你这次要是不回来，我就不认你这个儿子！”陈康崇一边向母亲解释一边流泪。所幸后来母子平安，陈康崇的任务也完满完成，他的一颗心才放了下来。

加入振远护卫中心二十多年，每年的探亲假陈康崇都不能按期休假，还多次因为基地有任务而提前归队。

1998 年 7 月 10 日晚上，与基地一墙之隔的西红门兴旺涂料厂突然起火。陈康崇立即吹响紧急集合哨，按照应急预案迅速对队员进行分工。在将与大火仅一墙之隔的数十辆运钞车转移到安全地带的同时，不到一分钟就接通了水带，用水枪向火点喷水灭火。火灾是由于涂料厂内一辆油罐车卸油时遇到明火引燃了油料引起的。涂料厂厂房内贮备的大量的涂料和油漆都是易燃易爆品，火焰中不时传来油漆桶发出的“嘭嘭”的爆炸声。最危险的是被大火包围的油罐车，万一爆炸，后果不堪设想。陈康崇指挥一小部分人员用灭火器对明火进行扑灭，另一部分人员用水枪对油罐车进行喷水降温，以防止爆炸，但由于隔着围墙，水柱不能准确地喷到油罐车上。情急之下，陈康崇喊了一声：“队长跟我上楼顶！”一声吆喝，十余名队长紧跟其后，将两条消防水带拉上楼顶，对准油罐车喷水。楼顶上炙热的火焰和呛鼻的浓烟让大家难以靠近，陈康崇大喊一声：“向我身上喷水！”浑身被浇透的他一把抓过水枪，冒着烈火和浓烟的熏烤，对油罐车进行持续地喷水。最终，在后来赶到的消防官兵的共同努力下，经过两个多小时紧张地扑救，熊熊大火被扑灭。此次扑救火灾共为涂料厂挽回经济损失 40 余万元，也维护了基地的安全。

2003 年，突如其来的“SARS”病毒肆虐京城，人们谈“非”色变。有谣传北京已经派飞机撒药进行消毒，过不了几日就要封城。谣言引发疯狂抢购，人们都陷入了恐慌之中，原来繁华拥挤的街道变得冷冷清清。但当时担负着全市金融系统 2400 余个业务网点现钞押运任务的 300 余辆运钞车仍然要像往常一样执行任务，且工作流动性大、点多面广、人员高度密集，“非典”防治工作十分艰巨。

一些护卫员受到氛围影响，情绪不稳定，要求辞职回老家躲避“非典”病毒。面对大家的恐慌情绪，陈康崇没有责怪，而是耐心地做思想工作，并组织大家收看政府的新闻发布会和专家的有关“非典”问题的解答，组织学习“非典”的主要症状、传播途径和预防知识，使队员明白“非典”是可防、可控、可治的，疫情也不像谣传的那么可怕，消除了大家的恐慌心理。然而一波未平，一波又起。5 月初，基地 59 号车组接到业务单位通知，称该车组跟车的业务员被确诊为“非典”患者。陈康崇立即向基地领导作了汇报，并组织人员对执勤归来的该车组人员和车辆进行严格消毒，然后将车辆和人员全部安排住进隔离区，进行了长达两周的隔离。隔离初期，车组人员烦躁不安，与他们有过接触的队员也十分害怕。陈康崇顶着巨大压力，在认真做好他们思想稳定工作的同时，为他们送去图书和电视，安排专人送饭、送水，每天测量三次体温。队员们看到陈康崇熬红的双眼中对困难的无所畏惧和对队员的无限关怀，情绪逐渐稳定下来，认真配合做好隔离工作。在大家一切正常走出隔离室那一刻，几名车组人员情不自禁地抱住前来迎接他们的陈康崇，流下了激动的泪水。

在“非典”期间，每当有感冒发烧的队员，总会引起大家的一阵紧张，陈康崇总是抢着送病号去医院就诊，事后别人问起他当时到底怕不怕时，他总是淡淡地一笑：“说一点儿不怕肯定是假的，但我是大队长，大家都在看着我，我如果退缩一步，大家可能会退后十步，甚至更远！”在陈康崇同志的带领下，护卫队全体队员思想稳定，工作热情高涨，加之采取的措施科学得当，基地没有一人被感染，实现了“零”感染的目标。

2012 年 7 月 21 日，北京迎来 60 年不遇的特大暴雨，降雨总量之多“历史罕见”，全市平均降雨量达 170 毫米，城区平均降雨量达 215 毫米，是新中国成立以来最大的一次降雨。恶劣天气造成基地排水沟倒灌，基地大面积积水。一场声势浩大的防汛实战在一基地打响。陈康崇作为基地安全保障组组长，在基地领导的指挥下，及时启动《一基地突发事件紧急处理工作预案》，带领 50 名应急分队队员分两批，每隔 10 分钟在基地内部进行一次巡视，查看有无严重积水，做到及时发现，抢早抢小，确保了基地内部安全。由于部分车辆涉水行驶过程中发生熄火现象，为避免二次启动造成发动机损伤，车辆被停泊在了马路边上。当时车上都装有巨额款箱，为确保国家财产安全，陈康崇及时带领救援人员和车辆对熄火的车辆实施拖运，直到返回基地。从 21 日晚 20 点接到第一个救援任务开始，直到 22 日早上 7 点 30 分，他带领救援人员通过近 12 个小时的努力，最终将熄火车辆全部安全顺利拖回，确保了国家财产的安全。

在振远工作的二十多年里，陈康崇和中心一起成长。2005 年 6 月，振远护卫中心被国家综治委、公安部、建设部、劳动部等中央八部委联合授予了“第四届全国进城务工青年先进集体”光荣称号。在由公安部、全国总工会、共青团中央联合开展的第二届全国先进保安服务公司优秀保安员评选活动中，振远护卫中心被评选为“第二届全国十佳保安服务公司”。陈康崇个人先后荣获 7 次个人三等功、2 次集体三等功，3 次先进个人、5 次个人嘉奖，1 次被评为北京市安保系统国庆 60 周年安保工作先进个人，2011 年 9 月被公安部、全国总工会、共青团中央评为“第三届全国先进保安员”称号，2015 年 1 月被北京保安协会授予 2014 年度“保安之星”称号。陈康崇同志将自己的青春和热情全部奉献给了振远护卫中心，献给了首都保安事业。如今，陈康崇已经被任命为振远护卫中心十二支队第一基地副主任，在更重要的岗位上辛勤地工作着、付出着。

当人们问到他的工作，说起他取得的不凡业绩时，他总是淡淡一笑，说：“成绩只能代表过去，况且不是我一个人的功劳。过去成绩的取得离不开各级领导的关心和大家的支持。我要感谢振远护卫中心培养了我，使我有机会成为首都保安的一员，我骄傲、我自豪。我热爱这份活泼紧张的工作生活，我无悔自己的选择！”

有这样的卫士在，我们的生活定会永保平安！

作者：杨建业

北京市保安服务总公司
石景山 00001
保安之星

贾树庆　北京市保安服务总公司石景山分公司。2012年获“全国五一劳动奖章”，2015年“全国劳动模范”，2016年“第四届全国优秀保安员”。

做一辈子“北京保安”

17年的保安生涯，绝不是一个短途之旅，无数荣誉见证了一个“进京务工族”到“北京新市民”的成长历程。

1978年，贾树庆出生在山东潍坊一个普普通通的农民家庭，1998年毕业于山东省安丘市第二职业中等专业学校。转年他离开山东老家开始“北漂”，

在北京市保安服务总公司石景山分公司做保安，先后当过保安员、班长、分队长。由于工作表现突出，2015 年 5 月升职为石景山区保安分公司第三项目部经理。

他曾荣立个人二等功 2 次、三等功 4 次，个人嘉奖 10 余次；荣获过“首都五一劳动奖章”“全国五一劳动奖章”“北京市群众心目中的好党员”“北京市优秀共产党员”“文明北京新市民”“全国劳动模范”等荣誉称号。

当今社会，为每一位有理想、有求索的追梦人提供了广阔而辽远的发展空间；每一个平凡的岗位，都可以作出非凡的业绩。同样，“小保安”也有大作为。在贾树庆身上，我们不难发现执着与坚守的意义，也能真正领悟到人生的价值所在。

北京，我来了！

1999 年 6 月，21 岁的贾树庆来到了首都北京。“北京站”像被无数人踏过的成功之门，在贾树庆眼里，愈发庄严神圣。

北京，以博大的胸怀接纳着每一位朝圣者。和所有“北漂”一样，他内心涌动着激情，有一种热血沸腾的感觉。来京路上，火车“轰隆隆”不断刷新着窗外景色，他没有心思欣赏；车厢内忽高忽低的谈笑，他没有情绪融入。他一直行走、奔跑在自己的想象里：北京，那里有很多很多的人，还有很多很多的高楼大厦，像电视里曾经闪过的那些图片。他对未来充满了美好的希望和向往。他年轻，有的是力气，对受苦受累有足够的心理准备。他对自己有的是自信。

只是眼下，自己该去哪儿，该怎么走呢？哪里才是自己要去的地方呢？恍惚间，他觉得肩上的背包太过沉重了。看着灯火阑珊的夜色，看着密密麻麻的公寓窗口，有哪个能向自己张开臂膀呢？他期待有那么一天，闪烁的万家灯火，也有属于自己的一盏。

在心里，他不止一次地呐喊：北京，我来了！

“保安”第一站

现实点儿吧，去当保安！想来想去，贾树庆觉得自己挺适合这份工作，而且也许可以实现自己的梦想，因为他从小就有过当警察、抓坏人的愿望。于是，他来到了石景山，成了北京市保安服务总公司石景山分公司的一名保安员。这时他才发现，原来这就是他由衷喜欢的工作。

穿上崭新的保安制服，在镜子前照了又照，贾树庆觉得镜子里的自己，像是换了一个人。从眼神到精神，比寻常多了几分英武。他给自己加油，要干就干出点儿样子来。

工作的第一站是首钢篮球馆的建筑工地，主要负责建筑材料的守护看管。每天看着堆放的钢筋、水泥，贾树庆侥幸地想，这些东西那么大的分量，就是让自己来偷，没有机械帮忙也偷不走啊！这么说，基本上是丢不了的了，看不看也无所谓啦。但随即，他就觉得不应该有这样的想法。他自省：这是一份严肃而又重要的工作，不能有一点儿马虎。领导既然派自己来做这项工作就一定要做好，别说一根钢筋、一袋水泥，就是一把沙土，谁也别想偷走！从此，他打起了十万分的小心，白天施工队进行施工，他在一旁留心看护；到了晚上，他主动增加了巡查次数。

贾树庆娓娓道来，仿佛又回到了当年——

那段日子，每一个寂静的夜晚，他都会拖着长长的身影，在一堆堆水泥、钢铁间走来走去。夜晚的北京退去了白日的喧嚣，让他突然感到，安静下来的北京，有了一种和家一样的感觉。“是自己想家了吗？”家是一直在想的，但不是这种感觉。于是在那一刻他明白了，自己真的喜欢上了这座城市。在这里，做什么他都愿意。这样的夜晚，有皎洁的月光相伴，就连巡逻也都变得惬意美妙。

保安的住所是一处临时搭建的简易工棚，天热时像蒸笼，蚊虫都受不了，天天瞎折腾。到了下雨天，诗情画意更是荡然无存了。他发现住所和外面唯一的区别就是外面下大雨，屋里下小雨。每到这个时候，贾树庆总是把雨淋不到的地方让给比自己小的兄弟睡。他知道独自在外闯荡的不易，更知道这个时候他们最需要家人般的温暖。“我就是你们的大哥！”贾树庆非常认真地说。

为信念而坚守

要想在保安这个岗位上长期干下去，贾树庆觉得，其实并不是那么简单。

劳累了一天之后，他经常一头扎进床铺疲倦地睡去。他不知道，这样的生活还能坚持多久。有一天，一个山东老乡对他说：“贾子，你还想干吗？”

贾树庆一愣，他不是没听清老乡说的话，而是没明白老乡说的是什么意思。他不假思索地回道：“想啊，怎么了？”

“我不想干了。”

“为什么啊？”

“你想啊，你来北京是为了什么？”

贾树庆笑了，他说：“最开始就想着来北京见见世面，然后挣几年钱就回

家和媳妇儿去过踏实日子了。”

“是啊，你先想着挣钱，最后不还是回家去吗？”

贾树庆看着老乡的脸，不知他还要说什么。

“你看咱们现在，遭罪挨累不说，也挣不了多少钱。眼下国家不是有很多惠农政策吗？咱们回去也不比这儿少挣钱，咱们干吗还在外面受这份洋罪呀？”

贾树庆说：“你想回老家了？”

“是啊，我是看你想不想回去。”

那一刻，贾树庆突然恍惚了。回家，他的确想过，但绝不是现在。

老乡说：“怎么样，想好了咱们一起回去吧！你媳妇不还在老家吗？见不到不想啊？”

怎么会不想呢？贾树庆也是一个有血有肉的汉子。他想自己的父母，想自己的爱人，也想能天天陪在他们身旁，可他真的想干出个样子来。他对自己说：这个工作是自己选择的，要干就干好，绝不能半途而废、轻易放弃。

“现在，我还不想回去。”贾树庆像是自言自语，“我想好好干几年再说。”

老乡没有再说什么，没过几天便打理好东西回家了。就这样，身边的人走了来，来了走，像走马灯似的更换不停。付出总会有回报，不久，贾树庆

当上了保安班长。他到底还是坚持了下来。

2002年初秋，贾树庆接到了老家的电话。电话另一头新婚不久的妻子说：“我想辞去教师工作，去北京照顾你。我可以打零工，真不想让你一个人在那边受苦了。”

听到这句话，仿佛一股暖流从心底涌起，贾树庆的眼睛一下子湿润了。他不愿意让千里之外的妻子为自己牵肠挂肚，他说：“你要是来了，我怕你会和我一起受苦……”

直到儿子明永两岁，妻子才被家里的老人“放行”。

2005年7月中旬，贾树庆顶着骄阳来到北京站。想想6年前初到京城的自信，看看现在一没房二没车，挣的没有花的多，心中不由得感慨万千。这次，他要接妻儿来北京和自己生活。他要接受一份温暖，更要承担一份责任。当他把妻子紧紧地抱在怀里的时候，暗暗发誓：一定要拼命工作，让妻儿过上好日子。

“黑了，也瘦了，自己也吃不上顺口的饭吧？我来了，这下好了，想吃什么和我说。”妻子抚摸着他的脸颊，心疼极了，贾树庆却憨憨地笑了。因为妻子的到来，他至少不会再经常挨饿了。

保安也要与时俱进

在妻子的陪伴下，贾树庆的工作更加努力，很快他就当上了保安分队队长。妻子高兴地对他说：“原来你是一个人干，现在你得带领大家一起把工作干好啊！”

贾树庆点了点头，他也是这么想的。可是做什么呢？他确实犯了难。工作好好做，这是必须的，除了这些，他觉得还有好多要做的。想了很久，他觉得学习型社会，我们就该与时代同步，加强学习才对呀！

他知道，知识是生存的根本，在北京更是如此。有学问的人都在不断地学习，从不满足，那自己就更应该加紧了。于是他倡议队员参加各类讲座和培训。他看到了大家有些不解的眼神，便对队友们说：“我不强迫大家学什么、怎么学，只要‘学’就可以。咱们保安也要与时俱进哪！”接着，贾树庆告诉大家，“我要去学习法律知识，上大学了，我会把我学到的知识都教给大家。”他一直想做个好人。好人，在他心里的定义，不是赚多少钱，也不是有多大的成就，而是能够帮助更多需要帮助的人，就像现在这样。

群雁高飞头雁领。贾树庆带动身边的保安队员一起参加了中央党校函授学院的学习。繁忙的工作之余，全成了学习时间。大家比学赶帮超，除了在岗巡逻，心思几乎全都用在了读书学习上。对此，贾树庆比谁都高兴。

学习不易，但没想到的是自己更不易。贾树庆发现，别人看一遍两遍就懂的东西自己要看上三五遍。厚厚的几本书，他不知一天要翻多少遍。他不断地做记号，也经常不耻下问、请教队友，更多的是请教妻子。就是这样，他坚持不懈地学到最后，终于拿到了本科毕业证书。贾树庆感叹道：通过对法律法规的熟悉和掌握，工作起来心里更有底气，实际操作更加规范，而且越来越得心应手。

与此同时，贾树庆还参加了救护技能的培训。每次学习，他都像小学生似的不迟到不早退，认真听课，细心做笔记，一丝不苟。他痴迷学习，有时忘记了饭点，甚至睡觉前还要拿出来复习复习。同事不解地问道：“学这些有什么用啊？”他笑着回道：“总有一天能用得着。”

一口井和三条人命

2005 年 7 月的一天，贾树庆正在海特花园小区值班，突然接到 58 号楼门卫电话：“有一个民工在污水井内施工中毒了，下去俩救人的也没上来，八成有生命危险！你快过来看看吧！”

他立即带领 3 名保安员火速赶到了现场。此时，被困井下的民工已没有了回音，等待救援已来不及。贾树庆很快想起救护常识和技能，决定自己上。污水井靠近大马路，井边已聚集了很多人。看着大家焦急的目光，贾树庆也顾不了那么多了，他让保安员拉起警戒线，阻止无关人员进入事故现场。他找来一截废旧电缆缠在腰间，扯下一块衬衣捂住嘴，以防止吸入毒气。之后，在队友的帮助下，他跳进井里。井内一片漆黑，气味刺鼻，他只能蹚着 1 米多深的污水、摸索着一步一步前行。在 4 米多深的井下，借助井口一点点微光，他发现了一个民工，马上背了出来；回到井里，又顺利背出了第二个；准备下去救第三个人的时候，就听“砰”的一声，系在贾树庆腰间的旧电缆突然断了，幸亏他反应敏捷，迅速用双脚撑住井壁，奋力爬出井口，重新系上一根电缆，又要跳下去。

队友一把拉住了他，说：“队长你不要命了？让我们下去吧！”

“不！”贾树庆坚定地说，“下面的情况我比你们熟悉，还是我去吧！”

当最后一名民工被救起，刚刚松了一口气的贾树庆只觉得眼前一黑，就晕倒了。

120 急救车赶到时，刚刚苏醒的贾树庆示意大家：“我没事儿，救人要紧！”他一边谢绝善意，一边和大家将还在昏迷的 3 名民工抬上了急救车。

随着救护车远去，大伙这才看到，贾树庆的手被勒得秃噜皮，胸部、腰部全被勒出了血印，右膝盖磕破一大块儿。他的行为感动了在场的所有人，大家都为他鼓起了掌。听到掌声，贾树庆一下子就脸红了：“别、别，大家别这样……”

后来，贾树庆和 3 名队友奋勇救人的事迹被《北京青年报》《法制晚报》、北京电视台等多家媒体报道，贾树庆本人被北京市保安服务总公司记个人二等功 1 次。被救民工所在单位的经理专程从河南赶到北京，亲手将一面“舍己救人，英勇无畏”的锦旗送到了石景山分公司。

从此以后，贾树庆更加感到了自己责任的重大，他始终认为那些都是自己应该做的。在心里，他一直对自己说，一定要做得更好！

小区平安保护神

在海特花园小区林立的高楼下，每天看着早上匆匆上班、晚上又匆匆回家的人们；看着老人在广场锻炼身体，孩子们在花园玩耍……贾树庆感到这里就是自己的家，他就是小区的一员。

2008年年底，小区里连续发生了几起抢劫事件，居民人心惶惶。一天，一个大妈拉住了正在巡逻的贾树庆，对他说："小贾啊，这些天小区里净是坏人抢劫，巡逻的时候可要注意，别让他们伤了你们啊！"

听大妈这么一说，贾树庆心中一沉，继而满怀愧疚。看着大妈白花花的头发，他叹了一口气说："大妈，没抓住他们是我们的失职，您不用担心我们，我们一定抓住抢劫犯！"

回到队里，贾树庆立即组织保安队员，制定了周密的工作方案，对流动人员进行严密布控。这天晚上，贾树庆在海特花园31号楼例行巡查时，看见了一名年轻男子手里拿着女士挎包，急匆匆地从自己身边经过；不远处，一名女子跌跌撞撞地向这边追来。他猛然大喊了一声："站住！干什么的！"那个人不但没有停下，反而更加拼命地向前跑去，贾树庆一下子就明白了是怎么回事，那个挎包一定是刚刚抢来的……

哪容多想？贾树庆不顾一切地追了上去，终于在小区的大门口将嫌疑人掀翻在地，双手紧紧地钳住了对方的两条胳膊。嫌疑人见势支起身，青筋暴露、满脸凶气，嘴里还嘟嘟囔囔，玩儿了命地想挣脱，贾树庆就是死不松手。最后，贾树庆用尽全身的力气将嫌疑人紧紧地压在地上，令其动弹不得。这时，门卫也赶了过来，几个人一起将"抢包贼"牢牢地制服。

从远处跑来的女子，气喘吁吁地告诉贾树庆："就是他，他抢了我的包……"

后经公安机关审讯，贾树庆抓到的是抢劫惯犯，附近小区的多起抢劫案都是他一人所为。

将抢劫犯扭送到派出所之后，贾树庆回到了家中，才感到浑身酸疼。妻子看到他沾满尘土的衣服，不知道发生了什么，问道："这是怎么了，身上怎么这么脏？"

贾树庆笑了笑："没事，抓了一个抢劫犯。"

"伤着了吗？"

"没有、没有。"贾树庆连忙说道，可他分明看见，妻子的脸上已挂满了泪水。他只好轻描淡写地说："这是我的工作啊！看到了罪犯，就是我挺身而出的时候。放心吧，我会小心的，不会让他们伤到我的。为了你和孩子，我也得平平安安地回来啊！"

抓获劫匪这件事发生以后，贾树庆在巡逻的时候，总会有大爷大妈对他说："小贾，咱们海特花园这个'家'有你在，我们就踏实啦！"

每当听到居民夸赞，贾树庆欣慰之余就想：维护小区治安环境、保护居民出行安全本来就是自己分内之事，但是居民却对自己评价这么高，还把自己这个外乡人当成了"自家人"，他特别的开心和激动，觉得浑身上下有使不完的劲儿。能为大家做点儿事，成了他最大的快乐。

后来，他组织成立了"贾树庆社区卫士"服务队，并身先士卒，担任服务队队长。他不仅立足本职，带领服务队认真做好社区安保工作，同时，利用休息时间，帮助居民清理下水道、修理自行车等。只要是居民的事，在他看来都是大事，都要首先帮助他们解决。

此后，贾树庆先后协助公安机关抓获犯罪嫌疑人 64 人，被大家敬称为"小区平安保护神"。渐渐地，贾树庆对自己的工作有了更深的体会："作为一名来京务工青年，能够从事保安这份工作，我从心里感到了满足和光荣！我就是要通过努力来实现自己的人生价值。"的确，贾树庆的人生价值，就是体

现在如何更好地做好保安，把服务北京、建设平安和谐社区作为自己的神圣使命。

保安服就是我的名片

2012年6月，在北京干了13年保安的贾树庆，第一次当选为北京市党代表。

和以往参加重要会议一样，贾树庆一身保安服，胸前佩戴党徽步入会场。面对记者，他坦诚相告："我代表的是保安群体，代表的是来京务工人员。一年365天我都穿保安服，保安服就是我的名片，我会一直穿着它……"他激动地说，"像我这样的来京务工人员能成为党代表，说明政府对来京务工人员的重视。我感到很光荣，更要感谢党和人民对我的信任，我将一如既往地发挥党员的表率作用。有一个大爷的话我现在都记得，他让我在荣誉面前千万别骄傲，工作只能比以前干得更出色，这样才不辜负党和人民的信任。我要为社区生活的'新居民'提供更多的帮助和服务。"

贾树庆是一个讲党性、守规矩的人。为了开好党代会，他在社区进行调研，并在党代会上替流动党员这个特殊的群体呼吁："流动党员在北京不知道去哪里参加党组织活动，渐渐地他们的党性意识就会削弱。"作为海特花园二社区新居民活动站的副站长、来京务工的保安队队长，他正用专业特长为建设"平安北京"贡献着自己的力量；作为一名党员，为维护"平安北京"尽着自己的职责。

他说得没错，"保安服就是我的名片"。这句话的背后，我们不能不佩服这位有着崇高信仰及党员称号的保安，对自己所从事职业的尊重与热爱。这是毋庸置疑的精神支柱，这是无与伦比的一份骄傲和荣耀，这令他融入安保之众，又如此与众不同。

一个共产党员的精神境界，就是这样通过现实的多棱镜彰显出来的。无论社区内外，贾树庆都不忘初心，工工整整地镌刻着党员的印记，表达着对党的忠诚。

他这样告诉我们："党的十八大以来，各级领导都在倡导创新驱动，转方式、调结构、搞创新、促升级。为适应新形势，我正努力学习新知识，运用新技术，全方位满足客户的需求。"他专门学习了《互联网思维》和《颠覆营销》等现代经营管理观念和方式，利用数据应用技术管理自己的队伍，尽快使学得的理论知识落地，运用到实际工作中去。

如今，贾树庆干了17年的保安，随着职务的提升、生活的改变，曾经的希望和向往都抵达了成功的彼岸，但贾树庆依然在巡逻的岗位上，依然和保安队员"兄弟"相称，和大爷大妈亲切交谈，在海特花园永远烙下最美卫士的印记。

贾保安，真性情

2016年4月25日，在北京保安服务业发展30周年纪念大会上，贾树庆被授予首都保安事业"特殊贡献奖"。荣誉证书上这样写道："兹授予贾树庆同志首都保安事业'特殊贡献'之荣誉，以此表彰其为北京保安服务业发展30周年所作的卓越贡献。"

这份荣誉，沉甸甸的。贾树庆把证书放到妻子面前时，两人默默相视了许久。作为妻子，李涛还是禁不住泪眼朦胧了。她第一次仔细打量起自己的丈夫：个子不算太高，但身形结实，脸膛透着红润，双眼透着睿智，眉宇透着厚诚……这个每天让自己牵肠挂肚的男人、让儿子曾经陌生的爸爸、让老人叨念不止的儿子，在偌大的北京竟作出了常人难以想象的一件件好事。

所有的抱怨、委屈早已从捧回的第一个奖状里远去。她觉得自己的男人真了不起，她觉得自己特别光荣，也特别幸福。但作为妻子她还是有一些担心和希望，她对贾树庆说："现在咱们生活比以前好太多了，我真希望你能平平安安、健健康康的，有个好身体才是最重要的，有时间多陪陪孩子吧……"

在妻子和孩子面前，贾树庆总觉得有太多亏欠。

原来，儿子上小学一年级时，学校组织体检，其中一项是查血型。当儿子拿着自己A型血的检查结果回家时，他告诉儿子：爸爸是A型血，妈妈是

O型血，你就是爸爸的儿子。孩子不懂血型是咋回事，听他这么一说，孩子立马哭叫起来："我为什么不是我妈妈的儿子？！"这个"小典故"，虽然就这样"流传"下来了。但贾树庆何尝不明白，是自己淡漠了家和妻儿。看着儿子一天天长大，贾树庆的心思愈发多了起来。如今他和儿子已落户北京，不用再为上学发愁了，但他要做的事情还很多，他想给孩子物质以外的更多"补偿"。

正上中学的儿子明永，平时很少和爸爸交流，但提起爸爸，他流露出一丝不易察觉的自豪感。他一字一句地说："长大以后，我也要像爸爸那样，舍己为人、无私奉献！"

是啊，贾树庆已经给孩子作出了榜样。当然，他也给首都的保安员、来京务工的年轻人作出了榜样。一个农民工，从初到北京，举目无亲，到现在被大家认可、被大家需要、被大家敬重，确实有着很大的改变。但唯一不变的是，他一直是一个心中有梦想的"北京保安"。在心底，他时常默念着这样一句话：如果大家需要我，我愿意做一辈子"北京保安"！

我们相信，贾树庆会一如既往地努力下去。因为在“北京保安”这个岗位上，他摸爬滚打了17年，感情已深植于骨髓；因为在“北京保安”这个岗位上，他一步一个脚印地走到今天，走出了一个不同寻常的人生轨迹。明天一定会更好。我们更相信，贾树庆以自己的血汗，滋养的是拥有着体温的梦想，这个梦想必定会温暖更多的人。

作者：李迎杰

护卫

李位林 北京振远护卫中心。2012年至2016年连续5年“押运保障尖兵”。

责任在肩　任重道远

“他真正是振远培养起来的管理人才，首先是自身努力，后来经过内部选拔，一步一个脚印从保安员走到汽车修理厂厂长的岗位。”北京振远护卫中心孙莹副总经理这样评价他，“开拓创新是他的常态，他不断刷新人们的常规认识，我们对他充满新的期待。”

李位林，1974 年出生于安徽省颍上县。1993 年参加工作，先后担任保安小队长、分队长、中队长和押运基地车队长职务。2008 年 3 月调任振远修理厂任厂长至今。

在振远工作的 23 年里，李位林以优异成绩从一名保安员成长为担负着 1700 余辆专业运钞车维修保养工作的优秀管理人才，荣获先进个人 8 次、个人嘉奖 10 次，荣立个人三等功 2 次，所带队伍获得集体嘉奖 15 次，参加奥运安保工作获得奥组委嘉奖 1 次，同时被保安管理支队评为先进保安员和市优秀治安志愿者 1 次，成为振远一万余名员工中杰出的代表。

究竟是什么力量支撑着这个安徽青年在首都北京如此坚实地一路走来？

千钧一发之际，方显英雄本色

“集合……”

“报数，向右看齐！”规范的口令，整齐的队形，一支训练有素的队伍。

“齐步走，一二一……立定！稍息！立正。”保安队小队长李位林刚把队员领到食堂，就接到一个电话。

“队长，快来！他给我钱……”门卫的声音匆忙而急促，话没说完电话就被强行挂断，20 岁的队长李位林立刻瞪大一双圆眼。

“你、你……出队！”他领着几名队员朝房山区琉璃河水泥厂南门飞奔而去。

困在警卫室的男子拿着一卷钱正与门卫推搡，在李位林推门而入之际，他趁机挣脱跳上门口那辆没有关掉油门的汽油三轮车上，加速向大门外驶去。

冲在最前面的李位林眼明手快，一把抓住车子后挡板不撒手，就这样被拖行了十多米。

厂区大门外纵横交错着七条火车道，驾车男子急于逃脱，经过火车道的车急剧颠簸并未减速，李位林找准时机翻入后车厢，然而一块有机玻璃板却隔开了车厢与驾驶室。远处传来汽笛声，火车即将通过道口！驾车男子像没听见一样，仍疯狂疾驶。

在千钧一发、性命攸关的关键时刻，来不及多想，李位林一个直拳挥过

去，玻璃碎片和鲜血同时飞溅开来，他伸手锁住男子喉咙，迫使其松开了车把的油门。

此时，三轮车已驶过第二条火车道，并冲断了第三条火车道栏杆……一列火车疾驶而过！刮偏了车头使它偏离了轨道，惯性驶出几十米后，三轮车撞上路边的石头堆，被迫停下。

火车巨轮轰轰而过。男子目瞪口呆，如果三轮车再往前多进一分，后果将不堪设想！李位林跳下车将瘫软的男子制服，扭送到水泥厂保卫处。

这时，右手和肘部的疼痛让他难以忍受，李位林低头一看，右手早已血肉模糊……医生做消毒处理时发现他右手食指肌腱断裂，皮肉里有多块玻璃碴。

22 年过去了，当年获得“拼命三郎”称号的青年李位林如今已步入中年。赫赫有名的“振远镖局”，提起大名鼎鼎的李位林，无人不识，无人不晓。这个振远汽车修理厂的厂长，至今仍是个工作忘我的“拼命三郎”。

2012 年 7 月 21 日，北京及其周边地区遭遇 60 多年来最强暴雨及涝灾。22 日，修理厂里送来七辆发动机进水需要拆装的大修车辆。

“保证在 24 小时把全部车辆维修好，保证基地正常运营！”

“这不现实……”人群里有了一些议论。

“我们必须面对挑战！”

简短集训后，李位林领着 11 名精干的汽车修理技师投入紧张维修。发动机解体、缸体修复、更换线路、发动机组装，连拆带装每个流程下来，平日里的工作量，是四人一组，一天一辆，现在是十二人，一天要面对七辆车。

时间在一分一秒流逝，每一分每一秒都显得那么珍贵，“客户至上、诚实守信”的理念如同马达一样支撑着他们繁重的作业；“优质服务、保障安全”的信念如同发条一样支配着他们机械的动作。

从早上开始，没有时间休息，吃饭时连洗手都顾不上，直到深夜。李位林装上一盏一兆功率的探照灯陪伴着大家，裸露的脸庞和手臂成为被吸引而来的蚊虫随意肆虐的地方，没时间找准部位抓痒，手往身上蹭一下，就多一道油污，再蹭一下，又多一道……彼此相视，人人大花脸……

凌晨 3 点左右，修理工们实在饿得不行，泡碗面来吃，等不及面凉，来不及洗手，转着碗吃，剩下污黑油腻的纸碗。李位林看到眼里，痛在心里……

次日清晨 7 点，员工们陆续上班了，眼前的一幕着实让人震撼。连厂长在内的 11 位修理工全变成“鬼”的模样，个个满身满脸的油污，眼睛里布满了血丝……

先前被拆得七零八落的那几辆车已基本修复完毕。这些“拼命三郎”继续连轴转，直到中午时分，终于将七辆车维修一新，交付使用。

振远人在李位林的带领下又一次挑战了极限！

满面油污的李位林看着累得筋疲力尽的大家，眼睛里面有关心更有赞许。“休息去吧。”他简短地说，大家却迟迟没有动静。“真想躺这儿睡会儿得了！”谁在身后冒出这么一句。“同意。”李位林冷不丁接了一句。身边的所有人发出一阵轻松愉快的笑声。

一步一步，从最苦最累的底层干起

1993 年，一个拥有绿色军装梦想的 19 岁小伙子，从安徽老家来到首都北京。

然而，他却阴差阳错地成为原北京市经济民警总队直属大队的一名经警队员，被分配到条件最为艰苦的房山区琉璃河水泥厂执勤，隶属北京振远护卫中心直属大队第九中队。

踏实憨厚的年轻人对未来充满希望，他每天巡逻要绕着厂区行走三个来回，行程十余公里，成为不法盗窃分子的天敌。三年多时间里，他先后抓获偷盗分子六十余名，为国家挽回经济损失四百余万元。

继 1994 年火车道上智勇擒贼和 1995 年半夜抓捕在逃盗窃犯等典型事迹报道后，李位林得到水泥厂领导和当地公安机关的重视，北京市公安局房山分局曾把李位林请到分局作经验交流。

此后，他更加积极苦练军事本领，主动申请加入房山民兵队伍，很快掌握了基本军事技能，在每年举办的民兵射击比赛中，都取得第一名的好成绩。重大安保活动需要民兵布防时，李位林总是冲在第一线。

1996 年，陆宪洲抢劫银行运钞车系列大案轰动京城，引起公安部和北京市市委、市政府的高度重视。根据当时社会治安形势和金融安保的工作需要，北京市公安局决定由内保局（原十处）依托原经济民警总队组建一家专业的武装押运公司。

北京振远护卫中心（早期成立时名为北京振远护运中心）就此应势而生。组建之初，一切都是从零开始。

作为全国成立最早的武装押运公司，培养一支训练有素的押运员，迫在眉睫，能胜任此项工作的教官，至关重要。

军事技能优秀、工作业绩突出的李位林，就这样被调到经济民警总队团河培训基地担任总教官，专门负责为振远培训专业武装押运员。虽舍不得和自己一起流过血与汗、亲如兄弟的队友分开，但军令如山，作为一名老队员，他深深地感到肩上沉甸甸的责任。

背起行囊，李位林踏上了新的征程。

既无先例可循，也无经验可借鉴，开展押运员培训工作的难度可想而知。面对现实，李位林没有丝毫怯懦，他将与犯罪分子斗争的拼命劲头用到了押运工作中，利用一切可以利用的时间，尽己所能查找各种与押运相关的资料，反复到银行营业网点观察银行押运人员执勤动作，召集其他教官一起反复研究，集思广益。

经过努力，不到一个月的时间，他结合押运特点和运钞车布局，编制出押运流程、反抢劫实战教程、日常押运勤务规程，从车组人员上下款时如何警戒站位到护卫、押运途中如何汇报联络等每一环节都严抓细抠，并修编了押运员拳术动作，编制了“护卫拳”，成为振远人必会的项目。

“平时多流汗，战时少流血。”针对有些队员怕吃苦，李位林言传身教向队员传输这样的思想。“流血流汗不流泪，掉皮掉肉不掉队！”训练场上，李位林带领队员摸爬滚打喊出这样的口号。

严师出高徒，从各单位抽调来的第一批60名押运员培训工作顺利完成，为振远也为国内培养了第一批专业押运员。执教一年多的教官生涯中，他共培训了600余名押运员，全部考核合格。振远押运基地大部分管理干部都曾经是他的学员，他们经过自身努力，逐步走上管理岗位，成为振远护卫中心的中坚力量。现在每当他巡查各基地时，大家还都亲切地称他为“李教头”。

作为全国第一家武装押运企业，北京振远护卫中心是中国武装押运行业的龙头企业，各级领导高度重视，经常来振远视察指导；国内各省市公安机关、保安同行、首都各大金融单位也高度关注，纷纷到振远参观考察，因此接待工作中的重头戏便是军事训练汇报表演。

成立之初的几年，振远护卫中心接待任务尤为繁重。

每当有接待参观任务时，李位林都会挑选训练尖子和军事能手组建30至50人的方队，带领他们刻苦训练，力争使动作整齐划一，精益求精。

1998年3月，振远护卫中心第一基地接到一个特殊的任务。由公安部组织的“全国金融安全保卫工作现场会”的北京会场设在这里。基地一项最重要的工作是组建一支训练表演分队，并指定由李位林负责。

顶烈日、战风沙，51名表演队员在李位林的带领下，一个多月都在强化训练军事本领。

4月10日，现场会上。洪亮的口令下，训练表演分队的擒敌术、匕首操气势磅礴，运钞车组反抢劫演练让人身临其境，军事动作综合配套表演让人热血沸腾，表演方队以整齐划一的动作、排山倒海的气势、斗志昂扬的风貌和作风过硬的素质赢得了一阵又一阵热烈的掌声……

出席会议的 100 多名部委和省市领导观看了这场军事训练，时任公安部副部长、现任中国保安协会会长罗锋为振远护卫中心题写“金融卫士”四个大字，赞扬押运队员的风采。

善于啃硬骨头，新岗位上不断新突破

1999 年 11 月，李位林同志再负重任，被选派到振远花园路基地担任车队队长。

车队管理既要懂车、管车，又要管人并要具备较强的应变能力，是一项极具挑战性的工作。

基地运营之初，为了解每一辆车的实际状况，他利用每天晚上收车后的时间，带领修理工到停车场逐车检查，发现有问题，连夜排除。

他注重从点滴抓起。每天一大早，他便来到停车场，督促司机认真做好出门三检，注意行车安全；冬天雨雪天气来临时，李位林坚守车队调度室坐镇指挥，直到最后一辆车安全返回基地；他潜心钻研，结合工作实际修订了一批制度和方案，把驾驶员与车辆的不可控性转变为可控。

他注重抓骨干培养。将工作成绩突出、管理能力强的驾驶员提拔为班长，激发他们的工作热情；遇重大问题，大家共同面对，逐渐形成一个强有力的战斗集体。

在他的带领下，花园路基地车队实现了“抓安全，带骨干”的两大目标，创造出了连续九年无重大安全责任事故的佳绩，年年被评为先进集体。

2008 年年初，振远公开竞聘修理厂厂长，从德、智、勤、能、绩五个方面对所有车队长进行考核，经过激烈角逐，李位林同志以总分第一的成绩脱颖而出。

担任修理厂厂长的李位林，上任之初面对的仍是一个个难题。

虽然当车队长期间，管理过基地维修班，也懂一些车辆维修保养的常识，但是怎样使维修保养车辆实现标准化、规范化、制度化和流程化，怎样调动职工的积极性、创造性，发挥职工的内在潜能，成为亟待解决的重点。

李位林认准管理的核心目标就是确保安全。安全检查是他每月的必修课，查隐患、纠违章，不断减少违规违纪现象。每逢重大节假日和敏感期，李位林总是亲自带领检查组到振远下属基地检查车辆状况，并把刹车、转向、底盘、电路、油路、传动系统列为重点检查项目。为确保运钞车白天工作时不出故障，李位林只能在夜间带领检查组到各个基地巡查。遇到疑难问题，他与修理工在停车场经常通宵达旦排查隐患，不管是夏天高温酷暑，还是冬季天寒地冻，他从没停止过。

李位林积极落实节能减排、开源节流工作要求。他要求维修人员从一点一滴提高节俭意识，成本控制、配件更换方面更是做到物尽其用，在保证车辆正常运营情况下，对部分配件维修再利用，延长配件使用寿命，降低维修

成本，并对冷凝器、离合器、喷油器、高压油泵、空调电子扇、起动机、发电机进行拼装维修；自己设计制作座椅；购置缝纫机自行加工车辆座套；防冻液进行回收利用、对轮胎进行热补、自行加工市场上无供应渠道的部分配件、维修枪支、焊补水箱；自行焊制金库手推车、护栏、货架等物品。从 2008 年至 2016 年，在他带领下修理厂累计节约维修费达千万元。

他采取“走出去、请进来”的互动方式，组织修理骨干到南汽集团进行学习培训，外请高级技术人员来修理厂进行技术指导，不断提升修理工的理论知识和维修技术。

他实行“轮岗培训”，采取以老带新、以强带弱的方式，先根据维修技术弱点定岗培训，然后对维修人员进行分组，合理搭配、调换人员，使修理工保持边工作边学习的状态。九年来，振远护卫中心先后成立的几个基地修理班的骨干大都由厂里输出的修理技术能手承担。李位林不但是一位修理厂厂长，同时还是一位合格的“校长”。

任重道远企业发展路，无怨无悔诉忠诚

“当好一个部门的管理者，首先自己要做表率，才能赢得职工的信服，才能带领大家攻坚克难完成任务。”李位林认为领导的基础并不是以权压人，而是要以身作则、率先垂范。因此，他始终以一名共产党员的标准要求自己，不管在工作中还是生活中，与员工同吃苦同战斗，发挥模范带头作用。

迎难而上，车辆改装显身手。2011 年，振远要对一辆阿曼特大吨位运钞车进行改装，任务落到修理厂。车辆改装是首次尝试，李位林也感到非常棘手。认真分析，厘清思路后，他从技术组、大修班、装饰班、库房抽出 4 名优秀员工担任改造小组成员，研究制订改装方案和工期进度表。他带领改装小组白天施工，晚上画图设计，制订第二天的施工方案。人员、机器设备满负荷运转，只用 48 天便完成了原计划 3 个月工期的车辆改装工作。期间，他与修理工一起加工滚轮、滚轴、焊接主支架等各种部件共计 7235 件次，节约费用 5.15 万元。

应急救援反应快，责任意识显担当。2014 年 3 月，全国“两会”期间，一辆基地的款车在执行光大银行朝内支行京津塘高速收费站收款任务，由东向西正常行驶至金钟路收费站出口 200 米处时，一辆由南向东右转弯的黑色迈腾闯入逆行车道，撞至款车左后部，造成款车侧翻。他带领修理工立即驱车全速前往，第一个到达事故现场，一边向上级汇报现场情况，一边协助车组开展应急救援，直到中心救援队到来。他在突发事件中的优异表现得到公安机关高度赞扬，并受到中心通报表彰和奖励。

关键时刻站出来，暴雨来临冲一线。无论 2012 年的“7.21”还是 2016 年的“7.19”大暴雨，李位林均采取了各种应急措施。汛期来临前，他带领修理工提前把一层配件库及大修车间里的配件全部用砖垫起，防止配件被浸泡，并在配件库门口、大修车间门口堆好沙袋，将车辆发动机和气泵等维修设备垫高存放位置，做好防汛准备。暴雨来临时，他立即启动应急预案，切断一层各维修车间电源，与员工一起排水，避免暴雨给修理厂造成任何人员和财

产损失。

无私奉献显忠诚，任重道远无悔路。每年的重大会议期间，为了保障一线运营车组安全，他每天吃住在单位严防死守。白天，他按照振远工作总体部署，带领车辆救援组在指定路段待命；晚上，他在单位备勤，随时等候上级调遣。

一天深夜，急促的电话铃声惊醒了他，电话那边传来妻子的抽泣声。平时自己工作忙，与爱人聚少离多，善解人意的妻子虽有怨言但仍默默操持着家里家外。

这天晚上，儿子发起了高烧，妻子实在撑不住了，让他回家带孩子去医院治疗。李位林左右为难，身为父亲理应赶回家带孩子看病，可是身为厂长正在值班备勤，万一有突发情况怎么办？最终强烈的工作责任感占据了上风。“我在值班走不开，你打车送孩子上医院吧。”他狠下心来对电话那头说。

“深更半夜你让我上哪儿打车？李位林你还是不是人？工作难道比儿子的命还重要？”一向温和的爱人终于爆发，李位林默默地挂断电话，泪已从脸上滑落！这个铁打的汉子，在振远训练、执勤中无数次受伤都没有皱一下眉头

的男子，面对妻子一连串的责问，竟无言以对！

在振远的23年工作中，李位林一心扑在工作上，连续7年没有回老家。为此，李位林在内心深处一直感到对不起爱人和孩子，心中对家人也一直怀着深深的愧疚。

华灯初上，从基地返回的李位林驾车行驶在回家路上。突然，人行道上，一个男孩的背影映入他视线，一左一右两位老人让他似曾相识……不是他们，李位林轻轻叹了口气。

父母将儿子的高中学籍迁回安徽老家快一年了！李位林将车靠边停下，点上一根烟。路灯将祖孙三人的身影拉得很长，一直投射到李位林的车上、身上……很久，他静静地坐在那里，想起千里之外年迈的双亲还有未成年的儿子……

作者：李灵

邢 鹏 华信中安（北京）保安服务有限公司。2013 年获“首都五一劳动奖章”，2015 年“北京市劳动模范”。

QIANG
护航版图
保安

邢鹏和他的三部进行曲

“向前，向前，向前”，这是《中国人民解放军军歌》的歌词。无数现役、退转军人踏着他的旋律争锋亮剑，立业建功。对于曾为这支伟大军队的一员，现任华信中安（北京）保安服务有限公司总经理的邢鹏来说，它更是催人奋发的号角，建功立业的根基，永不停歇的动力。

成长进行曲

华信中安（北京）保安服务有限公司于2010年经北京市公安局许可审批，现拥有21家国内分公司，保安员8500余名，并在香港、澳门、马耳他、斯里兰卡等地设立了多家海外分公司。服务范围包括：门卫、巡逻、守护、安全检查、安全技术防范、随身护卫。

——摘自《华信中安》宣传手册

11年前，邢鹏初到华信中安时，公司刚刚成立近一年，上上下下不过百余人，品牌和规模远不如今天，他也只是一名普通的基层班长。

邢鹏的履历表上亮点很多：在老家秦皇岛财经学校上学时，一直是学生会的干部，仅有的两位学生党员之一；当兵5年，荣立2次三等功，历任战士、班长、代理排长；退伍时，已经转成城镇户口，分配到秦皇岛市某局当司机，工资每月2000多“大洋”，这在当时当地都算是不错了。就在这时，情况发生了变化。

华信中安董事长、公司的创建人殷卫红，也曾是邢鹏所在部队的一名老兵。那时候，企业初建，百事待兴，殷卫红深为缺乏骨干而苦恼。左思右想，他回到原部队来“搬兵”。巧的是，当年他当班长时，手下有名战士，如今已成了这支部队的参谋长。经过一番推介，邢鹏带着闯天下的理想，来到了北京。

实话实说，初入保安行业，带给邢鹏的并不是希望。第一天来到公司报到，第二天，他就被派往小井桥附近的商业街工地站岗。工作单调、辛苦，一月 700 元工资，只有当司机的三分之一。生活条件也相当艰苦，住的是地下室，室温只有零上 6 度。地下室老鼠特别多，还不怕人，睡觉前邢鹏依照当兵时的习惯，把鞋整整齐齐地摆在床前，醒了后，鞋子怎么也找不到，后来发现是被老鼠叼跑了。

邢鹏不怕吃苦，当兵拉练时，比这个苦得多，但他忍受不了的是寂寞。那时候，基层保安中复转军人还不多，在部队和弟兄们说说笑笑惯了的邢鹏，

此时却只能把许许多多的话憋在心里，无人可讲。

此时，摆在邢鹏面前有两条路：一条是撤退，打道回府；另一条就是坚守，继续前行。权衡之后，他选择了后者。

邢鹏说，能让自己在保安行业坚守下来，有三方面的原因。第一，当初是自己主动放弃了家乡的安稳工作，进京闯天下的。如果就这样折戟而返，真是感到无脸见爹娘；第二，恰巧在那时读到“大树理论”——你要成长为一棵大树，其中，重要的条件就是不挪不移，坚守一地；第三，随着企业发展，来干保安的退伍军人越来越多，让他重新品味到部队那种生死与共的兄弟情。公司领导的爱护和悉心栽培，更是让他十分感动，坚定了留下来的信心。

说到领导的栽培爱护，邢鹏至今忘不了一件事。有一阵他日夜连轴转，那天累惨了，歪在紧挨停车场的办公室里倒头就睡。正巧董事长殷卫红要开车外出，从窗户里望见邢鹏睡得正沉，怕发动车的声音把他吵醒，便找来看门的老师傅，俩人一起悄悄把车推到大门外，才打火开车……

能让邢鹏在保安行业坚守下去，除了上面三点外，还有两个重要原因：在工作中逐步建立起来的对保安事业的理解，以及在部队培养出来的认准一件事就百折不挠的秉性。他说：“保安服务行业今生与我有缘。这是值得一生追求和奋斗的事业，决不能因一时的困难而气馁，更不能因道路的艰辛

而放弃。”

坚守，让邢鹏的理想开花结果。10 个月后，商业街工地保安任务完成后，他被调到银行系统警卫队，由班长升为分队长。之后，由于认真勤勉的工作态度和超强的工作能力，他又由分队长升任中队长、项目经理、管理部经理、副总经理，直到出任华信中安保安公司总经理。在这期间，为了干好这份“和自己有缘”的事业，他也作出了莫大的牺牲。来京 11 年，他有 10 个春节是在工作岗位上度过的；2006 年奶奶去世，2008 年父亲重病，2014 年母亲遭遇车祸，他都因执行节日安保、奥运安保等重要任务，只回老家陪伴了十几个小时，便又匆匆返回工作岗位。2014 年妻子临产，他正在天津出差，是妻子自己签字住的院。待他忙完公事赶到医院时，妻子正在打催产素……

无私的奉献带来累累硕果：2013 年，邢鹏被北京市公安局评为“首都优秀保安员”，被北京市总工会授予“首都五一劳动奖章”；2015 年荣获“北京市劳动模范”；2016 年荣获北京保安协会“首都保安事业发展 30 周年特别贡献奖”。

温暖进行曲

华信中安标志（LOGO）的整体是一个盾形，代表企业的行业属性，也代表坚实、可靠、安全；中间反白向上的箭头，来源于军人肩章，代表企业团队核心由一群坚毅、忠诚的军人所组成，同时寓意企业事业蒸蒸日上；盾牌底部与箭头形成一个象征稳固的金字塔，这是企业理想和事业的坚定基石，也象征企业打造金字招牌、创建百年品牌的决心。

——摘自《华信中安》宣传手册

由于出身基层一线，深知一线保安员的渴求与辛苦，邢鹏当了领导之后，特别注意工作方法，提倡用真情去温暖一线保安员的心。保安员说他对待下属严格而不严厉，爱兵而不宠兵。尤其是那些老保安，不叫他“领导”或者“邢总”，而是喊他“邢哥”。

邢鹏要求本公司各级领导都要学会“尊重、理解、信任、倾听、赞美”五种工作方法，贯彻“入职管理规范化、薪酬体系科学化、日常管理制度化、业务分工专业化、信息管理智能化、后勤管理人性化”的六化工作方针。为了让全公司的保安兄弟都能体会到大家庭的温暖，他积极倡导基层管理的“暖心工作”，具体说是“六个一”：带队干部在新员工到岗时，要为其倒一杯水、打一次饭、整理一次内务、谈一次话、带一班岗、向家人报一次平安。

邢鹏深知率先垂范的重要性，要求下属做到的，他首先带头去做到。公司规模那么大，来了新员工，他都会挤出时间，和他们谈上一次话；对每一名基层骨干的家庭情况，更是如数家珍。在他的带领下，“六个一”从一种倡导变成了一种制度。

有一个河南小伙儿，在外闯荡多年，一直没有稳定工作，来华信中安应聘时，身无分文，甚至形同乞丐。邢鹏看到了，马上给他买了一顿饭，待他狼吞虎咽吃罢，又自己掏钱让人带着这个小伙子去洗澡、理发，买了一套换洗衣服。几年后，这个小伙子为了回家乡侍候父母，不得不离开保安队伍。临别时，他拉着邢鹏的手，动情地说：“我永远忘不了这个家。”

2011 年，我国南方某地曾发生了一起令人心碎的“小悦悦事件”：年仅 2 岁的女童小悦悦相继遭遇两车碾轧，这期间有 18 位行人路过，但都视而不见，漠然而去，最终女童因伤重抢救无效离开人世。从此，小悦悦这个名字便与“人情冷漠”“道德滑坡”这些词汇相连。无独有偶，邢鹏在推动“暖心工作”时，也遇见了一个“小悦悦”。正是华信中安全体员工伸出温暖的手，让这个“小悦悦”有了一个截然不同的结局。

在我国北方的吉林省松原地区，一位名叫小悦悦（大名于悦）的 13 岁女孩，不幸罹患白血病，在家乡医治无效后，由父母带到北京人民医院治疗。治疗白血病需要一大笔钱，小悦悦的父母卖房筹来的十几万元很快就花光了，向亲友筹借来的另外十几万元也花光了，走投无路之际，他们找到华信中安驻人民医院警卫队求助。邢鹏从警卫队长口中得知此事后，赶到医院，把小悦悦的父亲安排进华信中安保安公司驻人民医院保安队，让困境中的一家人既能取得一些收入，又能就近照顾孩子。之后，18 位保安员争相验血，最终保安员敖春喜配型成功，为小悦悦捐献了治疗急需的血小板。接着，邢鹏又向全公司发出捐助小悦悦的号召并带头捐款，共筹款 3.7 万余元，帮助小悦悦转危为安。《北京日报》、搜狐新闻、千龙网、百度贴吧、中国宁波网、凤凰资讯等十余家媒体对此作了报道。人民医院一位护士目睹此事后，激动地说："你们这个集体太温暖了！"随后，在一次全市行业管理工作会上，公安机关保安监管部门组织 100 多名公司法定代表人、总经理为"小悦悦"捐款，筹得爱心捐助共计 30 余万元。

在这股暖流的感召下，华信中安员工们从内部的互帮互助献爱心，扩大到对社会的捐助、救灾、抢险上。这些年，华信中安的领导、员工为社会累计捐款 200 多万元，其中邢鹏个人就奉献了 3 万元的爱心。

开拓进行曲

做有理想、有道德、有文化、有创新的企业。努力经营是为了公司的今天，提高科技含量是为了公司的明天，培育优秀人才是为了公司的后天。

——摘自《华信中安》宣传手册

作为保安公司的总经理，邢鹏的奋斗目标早已超越了个人成长，他把目光聚焦于公司的发展，行业的未来。

中国大陆的保安服务业，1984 年起源于改革开放后的深圳蛇口，至今有 30 多年的发展经历，与美国、英国、澳大利亚等保安业发达国家甚至与我国香港、台湾地区的保安业相比，都是一支年轻的新军。年轻，意味着缺乏经验与资历，需要学习；年轻，也意味着朝气蓬勃，充满活力，有着广阔的开拓发展空间。

在邢鹏的工作笔记本上，写着自己、也是公司开拓发展的三大目标。

第一个目标是带好队伍，把公司经营好。邢鹏担任总经理之时，华信中安已是中国保安行业的一个规模较大，有一定名气的公司，在这个基础上再上一层楼，并不容易。为了进一步提升保安队伍的精细化管理，不断提升保安服务品质，邢鹏在一线员工中设立了“文明示范岗”，选树了一批“岗位标兵”，提升了基层员工岗位建功、岗位成才的积极性。同时，他还组织编写了《基层管理团队绩效考核实施方案》《创先争优评选办法》。

第二个目标是对公司的服务模式、业务形态进行提升，加快人防、物防和技防相结合模式的转变。人防即由保安员进行人力防护；物防即加装防盗门、铁栅栏这样的物理防护；技防即技术防范，用电子探测器、图像监控识别、入侵报警营运服务等手段预防和制止违法犯罪行为的发生。邢鹏认为，中国保安业要想发展，就必须摒弃“看家护院”的传统思维，向现代保安理念转变。为了实现这一目标，他先后到全国十几个省市地区进行业务考察，与国内外几十家保安企业和职业培训机构建立联系，相互交流，把同行的好思路、好做法、好经验带回来，用到企业的经营管理中，促进企业的技术革新和管理创新。

为了实现保安事业走向现代化这一目标，邢鹏除了走“万里路”之外，还一头扎进书堆里，用“万卷书”来武装自己。自2011年以来，他完成了中央广播电视大学行政管理专业（安保方向）、北京市教委立项的安保专业分级制教育以及澳洲《企业管理与风险控制》四级教育的学习深造，平时积极参加各类业务讲座培训，并先后考取了“国家二级安全防范设计评估师”和“国家一级安全防范设计评估师”职称。如今，他正在研修《国家心理咨询师》和《注册消防工程师》的课程，力争过关斩将，用更多的知识武装自己，指导公司发展。

为了提高安全风险评估的权威性，公司专门组建了专业安全风险评估机构，成立了由反恐、外交商务、公安院校、航运、信息安全、安防技术、新闻机构、教育培训等领域权威人士组成的安全评估委员会，在全球高危地区和我国企业在海外活动较多地区设立了多家信息联络站，为客户提供情报信息、风险识别分析以及项目安全风险评估报告，帮助客户制订风险控制方案和业务应急处置方案。为了提升企业管理水平，为促进行业发展作出贡献。

自 2015 年开始，邢鹏参与《华信中安安保文库》丛书的编撰工作，每年出版两本，从读书人变成了写书人。

第三个目标颇让人有些意外，那就是：走出去，让中国保安的身影闪亮海外。而走向海外的第一步，是进行海上武装护航。

说到这里，也许一些读者要问：海外护航，不是咱们海军的事吗，为什么保安也要身列其中？没错，海外护航，是中国海军走出内海走向大洋的一个壮举。但是，军队参与海外护航也有许多局限，因为海军舰艇毕竟是国家武装，进入某些海域会受到限制。另外，海军护航人员的活动范围一般仅限于自己的军舰，无法登上商船开展随船护卫。这时候，就需要民营武装护航来大显身手了。

就像多年前殷卫红董事长到部队征召自己一样，邢鹏也回到熟悉的部队，为中国的保安队伍，征召一批文武双全的海外新军。征召之外，训练的重任也落到他的肩上。这毕竟是"大姑娘上轿——头一回"，既无经验，也无教材。邢鹏根据海上武装护航的要求，结合国际法、沿岸风土人情，制定了船只护卫、消防、攀爬、射击、语言交流等一系列学习训练内容。在之后 100

多个日日夜夜，他和退伍战士们一起摸爬滚打，进行强化训练。针对海外护航的特殊环境，邢鹏在开展培训的过程中，坚决贯彻“国格、军格、司格、人格”的四格教育。他说，这四格是一个统一的整体，一格损，四格亡。

经过一番详尽周密的准备，中国首支由海军陆战队、陆军特种部队、武警特警部队优秀退伍士兵组成的海外护航队伍，正式在国际保安队伍中亮相了。一开始，那些人高马大的外国保安看不起这支海上新军，有的要求比引体向上。结果，外国保安做了二十几个，中国保安一下做了一百多；还有的想看看中国保安的枪法，只见一位中国海上护航队员左手扔出一个啤酒瓶子，右手举起 AK47，枪响瓶碎；另一位队员举枪瞄准，在颠簸的船上，一枪击中 30 米开外的一根 5 号铅丝。牛哄哄的外国保安惊呆了。上船后，中国的护航队员又在救火、使用武器等方面，对船员们进行指导。在一次护航任务中，一位船员不慎摔伤，造成小臂骨折，船上没有骨科医生，中国护航队员利用在部队学习的战场救护技能对其进行了复位、加固、包扎。上岸后，这位船员找到当地医院检查。医生看看片子：“这骨头接得非常好，用不着重新手术复位。”

当然，护航队员们上船后，面对的并不全是这等风光好事。生活的单调寂寞，伙食的不适应，尤其是海盗的袭扰，让他们的征途充满了艰险。有时

候在海上航行，一走就是一两个月……

从2012年3月15日亚丁湾大队护航香港“刚强轮”首战告捷，至2016年年中，华信中安海上武装护航总队的足迹踏遍印度洋、大西洋沿线28个国家67个港口，护航2000航次，与海盗交手48次，零失误、零投诉，大获全胜，让中国保安的大旗，骄傲地飘扬在印度洋和大西洋上。

海上护航之路打通了，邢鹏与他的领导和同事，又在谋划着向海外陆地安保领域进军。一带一路，是我国国家级的经济战略，随着这个战略的落地实施，将有许许多多的经济实体崛起，大大小小的企业将走出国门。中国海外企业需要中国保安的身影，这无疑是一场充满机遇又困难丛生的挑战。2015年，华信中安作为专家组成员，与国资委共同开展了《中央企业“一带一路”国别风险与安保体系建设研究》的课题研究。如今，这一课题已取得突破性成果。可以预料，在不远的将来，中国保安将像海上护航一样，走出国门，为海外陆地企业的安全值班站岗，保驾护航。

“向前，向前，向前”，在威武雄壮的歌声中，邢鹏、华信中安（北京）保安服务有限公司以及首都保安事业，都在阔步前进。此情此景，不禁让人想起了悬挂在华信中安公司醒目位置的藏头诗：

华夏英才龙人传，
信诚威名步云天。
中和正大宏图业，
安邦殷民谱美篇。

作者：孙春明

吕　剑　戎威远保安服务（北京）有限公司。2014年获“首都五一劳动奖章”，2015年“北京市劳动模范”。

军魂铸剑

在见到吕剑之前，还以为要采访一位做过礼仪兵的保安。拿过吕剑的事迹材料一看，出乎我的意料，这位保安可不是一般的小兵，他是领导管理着有上万名保安员的戎威远保安服务（北京）有限公司的董事长。

和董事长见面并不容易，这不是因为董事长的地位高，而是他太忙。8 月初的一天，在约好的那天下午，到吕剑的办公室后，我又扑了空，直到骄阳西斜，他才满头是汗、风尘仆仆地从保安一线岗位上赶回来。他满脸歉意地笑着说："在'秋老虎'下站岗的保安员们不容易，我去看望慰问一下他们。"多好的董事长！爱兵护兵之情挂在他的脸上。余晖映红了西边天，晚霞披洒在他的身上，汗水湿透的保安制服更显出他那高大的身材、挺拔的脊梁。

眼前的人，说他英俊潇洒，一点也不为过。这就是 2014 年"首都五一劳动奖章"获得者、2015 年被评为"北京市劳动模范"的吕剑。在这样的公司里工作，每个保安员都是幸运的，也是幸福的。

铸剑戎威远

2006 年的秋天，天空又高又蓝，老兵转业的欢送会刚刚开完，战友们依依惜别的泪花似秋风吹得吕剑心里酸酸的，人生中三军仪仗队的光荣历程结束了。17 岁当兵，17 年的军营生活，吕剑记不清完成了多少次司礼任务。猎猎军旗下，耳畔国歌高奏，他作为仪仗队的一员，代表着军队、国家和民族的形象，展现着盛世尊严、大国威仪。如今，这一切全过去了。蓝天下，吕剑挺起胸膛，望着那熟悉的营房前飘舞的国旗，行了最后一个军礼。

脱下军装，吕剑迎来了他人生最大的转折。转业后做什么？礼仪兵的经历给了他五光十色的选择，多家党政机关、企事业单位主动找上门来邀请他，给他安排最好的工作，给他最优厚的待遇；影视剧组找上门来，说他有值得骄傲的男性气质，现代偶像剧里需要这样的小伙子塑造影剧迷们崇拜的形象。然而，这一切统统都被吕剑拒绝了，他有自己的抉择，在他的心里更看重的是军人的荣誉。

吕剑特殊的军营生活，锤炼了他坚毅、果敢、勇于挑战和担当的坚强性格，他要延续他的军人梦，创一番事业，为军人增光。经过认真的思考，他毅然决定成立一家保安公司，他要打造保安行业的知名品牌，用军魂铸剑，打造一支高质量的保安队伍，建立起“兵哥兵姐”们离开军营后的又一个家。

“我们公司当初只有3个人。”吕剑伸出3个手指，向我娓娓道来他的创业之艰难。

那一年，吕剑白手起家，从零开始，亲自跑工商、筹资金、跑特行、找业务、“招兵买马”，整整用了一年的时间，才完成了公司注册。在吕剑的身上有那么一种精神，那就是“要么不做，要做就要做得最好”。公司刚成立，他就为公司确定了奋斗目标——“打造国家团队，保卫国家安全”；他给公司明确的任务是

"始终协助和配合公安机关维护社会治安，服务人民群众，为构建社会主义和谐社会做贡献"；他把公司起名为"戎威远"，"戎"象征着军人，"威"象征着军威，"远"象征着军威远扬。

员工是铸剑的基础，他的保安员必须优秀。吕剑的招工要求比征兵标准一点儿不差，政治把关、严格筛查，个人品行不端、有污点的坚决不要；身高、体重、年龄都要符合条件。为了挑选这样的员工，吕剑首先想到的是复转军人，他回到自己的部队，向即将退转的战友们宣传戎威远保安公司的企业宗旨和事业前景，大批复转军人纷纷报名，打起背包跟着吕剑来到北京。他又联系全国各地区的劳动就业部门，发动身边的战友推荐，自己开着车一个个乡镇、一个个村庄地挑选员工。很快，吕剑接下了戎威远保安公司的第一单业务——向北京的一个小区提供保安服务。虽然对于雄心勃勃的吕剑来说，这个项目太小，但铸剑的熔炉终于点燃了第一把火。

如何才能把这些来自于不同地区，有着不同生活背景、不同文化程度，甚至不同民族，没有经过专业训练的年轻人培养成为合格的保安员？初期，吕剑把在三军仪仗队受训时的方法拿过来，采用准军事化的方法对保安员进

行训练。要求保安员仪容仪表要端正，头发不能超过5厘米，不能文身，不能留指甲；站有站样，坐有坐样，两脚跟并拢，脚尖分开60°，两臂自然下垂，前胸挺拔。

随着规模的扩大，公司在通州区专门建立了保安员训练基地，吕剑为学员请来最好的讲师，实行理论和实操相结合、每天8小时以上的准军事化训练，每位员工都要经过为期十四五天的岗前培训，考试合格才能上岗。他说：“只有严格训练，把他们锻造成一支训练有素的钢铁之师，当困难来临、危险来临时，他们才能第一时间冲上去，守护一方百姓的平安。”公司还严格按照要求，坚持所聘人员必须通过保安员职业资格考试，做到持证上岗。

公司在组织保安员分期分批进行管理培训的同时，还努力营造一种浓厚的学习氛围，为员工提供各种学习的机会。公司成立以来，已有20多名保安员考上了大学。吕剑说：“这些保安员在公司圆了他们的大学梦，他们的学费我们全部予以支持。”

管理质量是铸剑的保证。吕剑提出了“军人品质，行业典范”的管理理念，就企业而言，最根本的还是要有科学完善的管理体系，建立健全各项规章制度，从而提升核心竞争力，树立品牌，赢得社会的认可。按照“守卫严明、巡逻高效、安全至上、崇尚荣誉”的服务宗旨，公司设有专门的项目运营管理中心和品质管理部，健全了保安服务质量反馈机制平台，“项目管理系统”和“保安员信息管理系统”运行高效，实时对项目运营和所属保安员进行有效监管，大大提高了保安服务品质。同时，他们认真贯彻落实公安机关提出的“四有三建两统一”及相关规定，通过全面整顿项目部运营管理、职业经理人培训、张贴标识标牌和定岗定员，既明确了责任，又缩短了反馈。通过一系列举措的实施，戎威远保安公司的服务质量得到明显提高，得到了社会的肯定和客户的满意。

群雁前行的引领

头雁高飞，是群雁振翅的动力；头雁方向，是群雁前行的引领。

“你不要写我，要写戎威远，要写我们的党委。你知道，我们民营企业建党委，在丰台区是先例。戎威远党委就是我们的头雁，没有党委的引领就没有戎威远的今天。”吕剑说。

戎威远公司成立后，一切走上了正轨，但吕剑总觉得有一件事在等着他去做，这就是给自己的企业建立党组织，让公司700多名共产党员找到“娘家”，找到党组织。吕剑说：“戎威远是一株小苗，党是阳光雨露，没有党，戎威远保安公司就不可能茁壮成长，也就不可能走得更远。”民营企业建立党组织是社会转型期的新事物，近年来，党组织在民营企业中起到了保驾护航的作用，吕剑要让党员听到党的声音，要让员工看到党的组织。

2013年，公司向主管部门递交了成立党组织的申请报告，很快就得到了批复，戎威远保安公司党委正式成立。要知道，民营企业中由于党员数量少，批准成立党组织一般也就是党支部、党小组，规模都比较小，建立党委的很少，而戎威远保安公司是丰台区乃至北京市保安公司中建立党委的第一家。如春风般沐浴，如甘泉般润泽，戎威远翻开了成长的新篇章，公司有了精明强干的党委班子，党建工作也随之轰轰烈烈地开展起来。

公司党委充分发挥服务、引领、创新、发展的核心作用，加强党的建设，建设和谐企业，带领公司全体员工奋力拼搏，以思想政治工作为经济运行保驾护航，以党建创新为发展引导方向。公司700多名党员开始了自己的组织生活，在不同的保安岗位上发挥着共产党员的先锋模范带头作用。戎威远保安公司的青年人多，很快，共青团组织也成立了，党团齐心协力，以党建带团建，共产党员和共青团员如同种子撒遍戎威远并生根开花，团组织充分发挥青年突击队作用，给公司带来一片勃勃生机。在榜样的带动下，渴望入团入党的队员纷纷递交申请书要求加入党团组织，公司呈现一片欣欣向荣的正气氛围。

光有党团组织不行，还要有工会，有妇联，要为员工说话，要为女工撑腰、监督党组织的群众组织。工会是企业与员工之间的桥梁和纽带，妇联是女工的“娘家”，维护员工的合法权益，建立企业内部和谐劳动关系，工会、妇联必不可少。

在吕剑的提议下，经公司党委批准，公司召开了第一次职工代表大会，成立了戎威远公司工会，选举产生了第一届工会领导班子。工会主席带领的职工代表和吕剑带领的企业代表，就保安员关心的权益保障问题开展工资集体协商，为员工争取到了应得的权利。

吕剑说："无论是国有还是民营，企业要发展就要以人为本。企业实行民主管理、工资集体协商，对企业和员工同样是约束和激励，员工权益得到保障，企业就有了凝聚力。"

几年来，公司党委牵头，工会在公司设立了"劳动争议调解委员会"，化解劳资矛盾；成立了"职工之家"，让员工在工作之余有了健身、娱乐、读书的一块自由天地。

我是企业的"110"

戎威远保安公司员工从 3 个人到上万人，不断发展壮大，步步走来的艰辛和奋斗不言自明。吕剑爱员工胜过爱自己和家人，在公司内有口皆碑，这也是他成功的法宝。

吕剑的手机号码，不仅戎威远保安公司的所有员工知道，在每年给保安家属写慰问信时，吕剑也会把自己的私人电话附上。他的手机电话 24 小时开机，有事找吕总，有困难找吕总，已经成为戎威远人及其家属多年的习惯。

2008 年是奥运年，那一年吕剑带着他的团队坚守在安保的第一线，长时间没日没夜地执勤，加之奥运结束后的那个冬季格外寒冷，致使吕剑得了急性胸膜炎，命垂一线，还好最终被抢救了回来。

吕剑记得那一天凌晨 3 点，病中还没痊愈的自己被急促的手机铃声惊醒："吕总，这日子没法过了！"电话那头，一阵尖锐急促的声音让他再也躺不住了，这是一个保安的家属，做保安的丈夫只顾工作不顾家，加之家庭琐事，两口子吵得不可开交，妻子忍无可忍将满腔的怒火砸向丈夫的领导。

员工的事再小也是大事，不能不管，支撑着病体，吕剑穿上羽绒服，踏着料峭的寒风，半小时后出现在了打电话的保安家里。董事长亲自到小小保安家里来劝架，令吵架的保安和家属感动不已，一场似水火不能相容的矛盾纠纷化解了，做妻子的理解了丈夫的工作，小两口和好如初，身体虚弱的吕剑笑了。这么多年，吕剑早就成为戎威远人工作和生活里的“主心骨”。

身为董事长，深入一线是他的家常便饭，每年除夕吕剑都在岗位上和保安员一起度过。平日里，他每周至少有3个晚上都在执行查岗的任务，每个查岗的夜晚，他少则跑3至5个项目部，多则检查10余个。他查看执勤记录、跟保安员聊天，了解他们的困难与需求，全查完几乎就天亮了。冬天查岗，他看到有的保安员家里穷，把公司发的新鞋邮给家人，自己穿着单鞋挨冻，他不忍心，怕他们冻着，拿出自己的钱物帮助他们。他发现有的保安家里有病人，就拿出三五千元代表公司对他们进行帮扶救助。

逢年过节、严冬酷暑，吕剑都想着员工，他的管理理念是用军人的品质教育员工，用忠心、爱心、热心、信心去要求员工。公司对员工实行人文关怀，“八一”建军节举办表彰庆典、军地联欢晚会，圆梦员工的军人情结；年终考核给员工发奖金，元旦春节发福利、慰问困难员工；冬天“送温暖”，夏天“送清凉”。

每当年节千家万户团聚之时，他这个董事长会和公司党委班子、工会领导一起放弃阖家团聚的机会，深入到保安一线岗位，把慰问金和慰问品亲自送到员工手中。他们的客户单位和服务项目遍布京城，他们走密云、跑怀柔、去通州、到大兴，每个戎威远保安公司驻勤点都留下了他们的脚步和问候。

赠人玫瑰留有余香

恰逢好风凭借力，习近平总书记发表的一系列重要讲话在非公有制经济人士中引起了强烈反响，也让吕剑深刻领会了民营企业在实现中华民族伟大复兴中国梦征程中的历史责任。他说：“戎威远发展赶上了好时候，我们爱国敬业就是服务国家大局，把企业办好，在扩大投资、创造税收、吸纳就业、环境保护等方面，作出积极贡献。”如今，戎威远保安公司年生产总值5亿元左右，累计上缴利税几千万元。

企业成功了，吕剑不忘自己的社会责任。2012 年，戎威远公司在“全国民营企业招聘周”活动中招聘了 3800 多个就业困难的人员；2012 年元旦，吕剑在北京市丰台区“大爱心手相连、社会温暖你我”大型公益活动中，捐款捐物 15 万元，帮扶救助北京市丰台区的特困人员；2013 年，为社会解决就业岗位 2000 余个，特别是为国有企业下岗再就业人员开绿灯，充分发挥了民营企业劳动力就业蓄水池的功能；2013 年 11 月，戎威远保安公司与其他 5 家民营保安公司在北京市保安服务行业工会联合会的帮助下，成立了北京市温暖基金保安员专项基金，并向北京市温暖基金会捐款 20 万元；2014 年元旦、春节期间，吕剑带领公司机关工作人员为北京市温暖基金会捐款 1.6 万元，用于保安员的扶危助困公益事业，践行企业社会责任。

2008 年，戎威远保安公司服务的二炮总医院一位得了白血病的女大学生站在 22 层楼顶准备轻生，吕剑的保安员们机智勇敢地救下了她。事情发生的第二天，人来人往的医院大厅的醒目位置上立起了一个方方正正的捐款箱，

这是吕剑得知是高额的医药费和病痛折磨让女孩失去了生的勇气后，出手相助发起的救助女孩的爱心活动。吕剑带头捐款，他的保安员跟在他身后，献出爱心，30、50、80、100元……最终，为女孩捐了一万多元。保安们的爱心行动，很快蔓延到了整个医院，医生、护士、来看病的人们纷纷捐款，白血病女孩的医疗费用终于解决了。

“做事业绕不开钱财，但还有许多比金钱更有价值的东西，比如为更多人提供就业机会，为更多人搭建施展才华的舞台；给家贫的保安送一双鞋；为重病的保安献一份爱心；给需要的人一碗水，甚至一个鼓励的眼神，我们的心灵都能得到净化，都能享受到赠人玫瑰的余香！”这就是吕剑做人的价值观。

带着军人的品质做保安，吕剑把戎威远保安公司做成了一流的品牌，赢得了社会的认可。2008年，他的企业被奥运会安保指挥部评为“第29届奥运会安保服务优秀组织奖”；2009年，被北京市工商局评为“守信企业”；2010年，被《中国商报》等6家报刊评为“中国保安服务行业十大诚信品牌”；2015年，被北京市商业联合会授予“2015—2016年非公经济发展服务基地”。吕剑个人也相继荣获了“第29届北京奥运会安保服务先进个人”“国庆60周年安保勤务先进个人”“2008—2010年中国保安服务企业十大诚信企业家”等多项荣誉称号。2014年，被授予“首都五一劳动奖章”，2015

年，被评为“北京市劳动模范”。

车灯照向城市的黑夜，吕剑在查岗的路上，窗外闪过街灯的斑斓，又是一个不眠之夜。这位戎威远保安公司年轻的董事长，无心欣赏初秋北京那高楼林立的美丽夜景，他知道，荣誉就像这流向身后的五光十色，都将是逝去的往事。保安之剑高扬，他的保安事业在前方，他的戎威远不仅要保首都一方平安，更要走向全国，甚至代表中国走出国门。军人的荣誉、责任和使命驱使着吕剑前行，这种动力将一生一世让他在守护平安的伟大事业中，灵魂得到洗涤、人格得到升华。

作者：陈之喆

王燕良 北京华安保安服务有限公司。2015年“北京市劳动模范”，2016年“第四届全国十佳保安员”。

中国保安

忠诚的守望

他，为了圆自己的当兵梦，选择了当保安，缘于当保安与当兵有一样的重量和内涵。

他，一个草原汉子，平凡得就像一棵草，在保安的岗位上默默奉献了13个春秋。

他，敬业爱岗，忠于职守，像一颗钉子那样钉在自己的职责里，摇不动、撼不动。

他，正义勇敢，从善如流，用青春和热血浇铸着安保长城。

他，集许多荣誉于一身，不骄不躁，初心不改，矢志不渝地守望着一方平安。

他，就是我们的主人翁——先后荣立个人三等功6次，2012年9月被北京市公安局授予“首都优秀保安员”，2015年4月被中共北京市委、北京市人民政府评为“北京市劳动模范”的北京华安保安服务有限公司保安员，今年32岁的王燕良。

选择，无悔的守望

在工作和生活中，我们会面临很多选择，一个小小的选择就能改变人的一生。就像雨滴，有的选择了池塘，有的选择了土地，有的选择了江河……不同的选择，构成了不同的命运和不同结局的故事。今天的王燕良在18岁的时候，又是怎样作出自己的选择的呢？

2002年，即将高中毕业的王燕良对母亲说：“妈，我不准备高考了，咱家家境困难，父亲也有病，如果我和弟弟都上学，你们的日子怎么过？我决定今年报名参军，把上学的机会留给弟弟。”尽管王燕良学习成绩不错，尽管父母不忍不舍，还是拗不过王燕良。王燕良顺利报名应征，并通过了政审、体检，但意外总是那样地让人猝不及防，就在王燕良满心欢喜地等待入伍通知时，却得知他的名额被其他人顶替了，最终未能如愿入伍。他流着泪，远远地站在欢送新兵的人群里，看着同伴们戴着大红花，身穿军装，喜气洋洋地走远。那时，他的心虽然有点疼，但也被飞驰的车轮带得很远很远。

王燕良从小就有一个当兵的梦。这或许与他很小的时候见过戎马一生的师长爷爷有关，也或许与男儿志在四方，骑着马、挎着枪、保家乡的传统思想和思维模式有关。总之，他就是羡慕军人。记得小时候，每临春节，母亲都要给他买一身新衣过年，而他只要有领章和红五星的小军衣。这个未圆的梦，一直伴随着他做到2003年。

一天，有朋友对王燕良说：“做保安，一个月工资400元，管吃管住，和警察、军人差不多，戴大壳帽、穿制服，我们好几个人都去，你去不去？”朋友的话语有掩饰不住的激动，“不过也有人说保安不好，就是给人家看门站岗，没有什么前途，而且保的是别人的安全，自己的安全没保证，容易受到伤害。”朋友接着说道。王燕良没有考虑这些，他只是觉得无论是保安，还是军人都是保家卫国，负责一方平安，责无旁贷，加之他不愿放弃“军人梦”，便毅然下定决心投入到保安的行列，成为华安保安公司的一名普通保安。

王燕良选择了当一名保安，就是选择了圆自己的“军人梦”。所以他时时刻刻、从内到外，力争以军人的标准要求和衡量自己。站岗时，他挺胸收腹，一动不动，就像钉子那样钉在岗位上。北京的冬季，天气寒冷，北风呼啸，一站就是几个小时，耳朵都被冻肿蜕皮了，他仍然不改姿势。在内务工作方面，他总是主动、细致、一丝不苟，被子叠得方方正正，跑操训练从未缺勤叫苦。公司通过这样一种方式来证明王燕良的优秀——10 个月后，他当上班长；一年后，他被提拔为分队长。

王燕良凭着年轻人的朝气和正气，凭着草原人的那股子韧劲和执着，一干就是 13 年，周围的人走了一批又一批，换了一茬又一茬，他却从没有动摇过，他用忠诚、坚韧和不变的初心，诠释着一名首都保安员的奉献精神和履行使命的自觉，一步一个脚印地去追求、实现那个庄严神圣的“军人梦”。

人，一旦优秀了，就面临着更多选择。虽然选择可以迎来更多的机遇，但更多的是考验。

2006 年 5 月 21 日，王燕良就面对了这样的一次考验、一次选择。

当时正在忙着工作的王燕良接了华安保安公司经理的一个电话，经理通知他，天通苑一个大商场有个保安中队长职位空缺，希望他调过去任职。他先是一阵欣喜，因为要升职了，这是领导的信任。但很快又犹豫了起来，原来当时的客户单位正处于场地搬迁的紧张阶段，他又刚刚接下了重要的保安任务，深知肩负的任务繁重、责任重大。如果这个时候自己突然离开，会对客户单位的整体搬迁工作造成很大影响，同时也可能会让客户单位对保安公司产生不信任和失望。

是对客户隐瞒这边的情况去实现自己职位的提升，还是顾全大局为客户的需求尽心尽责？在短暂的思想斗争后，王燕良毅然拨通了公司经理的电话，向领导说明了情况，放弃了这次升职的机会，全身心地投入到了保安任务中。在搬家的那段日子里，王燕良身先士卒，不怕脏不怕累，值班、查岗、巡逻，认真看管客户单位的各种物资，每天的睡眠常常不足5小时。老天不负有心人，在王燕良的带领下，保安队出色地完成了任务，客户所有的物资、财产无一丢失，王燕良在客户单位最关键的时刻，以客户单位利益为上，主动放弃升职的机会，深深地感动了客户单位的领导和职工，客户单位在年底第一次破例向他这个外单位员工授予了“先进标兵”的光荣称号。

接踵而来的考验，总是与王燕良不期而遇。

王燕良同志出色的工作表现、敬业精神及良好的道德品质，被客户单位首都丰田汽车驾驶员培训中心领导看中，不止一次找他，想让他转到单位做一名正式国企员工，周围的亲人和朋友都觉得这是个绝好的机会，工作稳定、待遇好，劝他要好好把握。可王燕良却为了最初的梦想，一次又一次地婉言谢绝。他说：“我的优秀是与保安公司的培养分不开的，一个人一旦优秀了就跳槽，这个人的品质不一定优秀。”

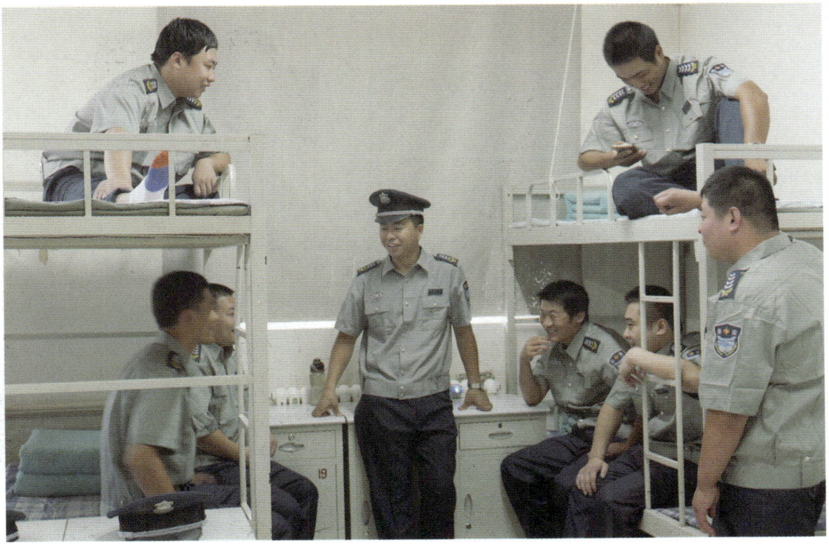

2012年年初，客户单位以聘用王燕良为培训中心保卫科科长一职为条件，想让他脱去保安制服来单位工作。在国企单位服务多年的王燕良，深知这个职位会给他的生活带来怎样的改变，可他依然回绝了。但这一次，他的决定遭到了与他相恋5年的女友的强烈反对。原本女方父母就因为王燕良的保安工作迟迟不同意二人交往，这一次总算有了转机，可王燕良又作出了这样的决定，女友很不理解，提出了分手离他而去。离别前，女友含泪对他说："燕良，你是个好人，可是你一门心思干的这项工作，我真的看不到希望，这社会还有几个像你这样不考虑现实的人啊？"王燕良深知无法挽留，一句话没说，看着女友转身离开的瞬间，他心如刀绞，平时坚强得像铁一样的汉子，禁不住流泪了。

有人说过这样一句话，持续不断地做一件事，做到一万个小时，就能把平凡变成不平凡。而王燕良持续做了数年，他已变得不平凡。

坚持是一种信念的支持，一种忠诚的表达，一种使命的肩负，一种责任的担当。

王燕良对笔者说，他的"军人梦"，说到底就是保卫家园幸福平安的梦。

所以，他守护平安的责任不会卸下，他守护平安的岗位不会丢下。责任重于泰山，需要更优秀的保安坚守。

他的坚守一如既往，就在女朋友离开后的数月，28 岁的王燕良迎来了展示保安职业技能水平的舞台，他报名参加了由北京市公安局、北京市人力资源和社会保障局、北京市总工会、共青团北京市委员会联合举办的北京市第一届保安职业技能竞赛，竞赛涵盖了保安服务工作所必备的基本技能，约 7.2 万名优秀的保安员报名参加。经过层层选拔，最终 120 名保安员进入了各项目的决赛，并分别在保安守护、巡逻、安全检查、安全技术防范四个项目中角逐前十名。王燕良在激烈的角逐中最终获得了总成绩第九名的好成绩。大赛组委会又因他在整个竞赛过程中端正的态度和顽强的拼搏精神，向他颁发了“竞赛拼搏奖”。是的，此奖对王燕良来说实至名归，28 岁的他身体条件已不比从前，为了提高身体素质和竞技能力，他每天坚持跑 10 公里，一跑就是半年。这是何等的毅力和持久的顽强！

同年年底，王燕良由于在党的十八大安保工作中有突出表现，被北京市公安局评为“首都优秀保安员”。当王燕良把这一消息告诉母亲时，母亲在电话的另一头激动地说：“儿子，你在保安公司成长了，妈真替你高兴，我儿有出息了！”说完，娘儿俩在电话的两头，沉静了许久……

忘我，奉献中闪光

王燕良是普通的如一颗草、一块泥土般的保安，日常从事的都是平凡得不能再平凡的工作，十几年如一日，在最平凡的、最不引人注目的岗位上默默奉献，既没有惊天动地的伟绩，也没有荡气回肠的壮举，却赢得了党和人民的褒奖。

他是如何像一只吐丝的蚕一样，吐出一条闪光的路的呢？

王燕良因为家境贫困，为了不让弟弟辍学，主动放弃升学的机会，将家里的担子扛在肩上，毅然来京当了保安。最初他每月的工资只有 400 多元，一年不到 5000 元，而他每年要给家里寄回 4000 元，自己则剩下不足 1000

元，只够买一点生活必需品，这个情况一直持续到弟弟顺利考上大学。如果说，这只能说明王燕良爱家，孝顺父母，心疼弟弟，那么接下来发生的两件事，则从侧面证明了王燕良先有大家后有小家，忘我无私的高尚品格。

2013年7月，客户单位正处于一年当中最繁忙的培训高峰期，很多放暑假的学生像赶集一样向教练场涌来，客户单位要求保安公司增派人手，王燕良肩负的保安工作变得更加繁重和艰巨。然而此时，老家传来爆发特大洪水的消息，新闻里的消息画面更加让人揪心：内蒙古呼伦贝尔市图里河镇发生了60年不遇的洪灾，小镇上多地发生水患，积水最深处近2米，有1700多户居民被淹，4700多人受灾。让王燕良不放心的是，父母的电话一时间联系不上，他顿时心急如焚，准备立即动身回家找寻亲人。下午将近5点时，父母用从邻居家借的手机打来电话，告知亲人平安，但家里房屋已经被洪水淹没，损失非常大。家人的平安无事让他悬在心里的一块石头落了地，但家中老父母还住在避难所，弟弟也未在家，灾后重新恢复生活还有好多事要做，而且父母年纪也大了，该不该回家呢？

经过短暂的权衡，王燕良选择了顾全大局，留在北京履行他的职责。那段时间，他从没有跟周围的人提起这件事，白天依旧奔波于教练场的工作岗位，晚上下班后躲开周围的同事打电话询问家中情况，鼓励家人坚强面对困难，告诉父母任务结束后他一定回家。当电话那头挂断的那一刻，眼泪顿时浸湿了他的双眼，这个坚强的草原汉子落泪了，这是一个儿子在父母面对灾难时未能在身边的愧疚。“回想起当时的感受，那真是说不出的心酸。”王燕良现在提起这件事仍一脸愧疚，眼眶湿润。直到任务结束那天，他才向公司领导递交探亲申请。

人非草木，孰能无情，何况灾难面前，男儿岂能无助。但大情小情、大家小家，王燕良只有一杆秤，秤上的砣，就是忘我。

春节回家过年，阖家团圆，既是民众的普通心愿，也是春节不变的主题。春节到了，带上一年的劳动成果回家和家人分享，这是13亿中国人民共同的心愿和历史传承。但王燕良的13个春节都是在保安岗位上度过的。13年来，每临春节，王燕良总是暗暗下决心，今年一定回去和父母过个团圆年，可他的决心总是被自己打破。刚当保安时，他把回家过年的机会让给了比自己小的队员们；当上队长了，应该说有权决定自己的行程了，他又不忍心看着队员们想家思亲人，总是安排队员先回家，就这样，不回家过年的只能是他。

每年除夕，父母总会打来电话，说饭菜准备好了，弟弟也回来了，就等你了。他总是那句话："妈，我离不开，过了年再回去给您和爸爸拜晚年。"这一句话，说了13年，即便是善意的谎言，也成了真诚的祝福。

王燕良牺牲了自己春节回家团圆的温馨时刻，坚守岗位，日夜巡逻，只为更多的人能回家团圆，欢度春节；只为新春佳节，家家幸福，大地吉祥，他用自己的付出和舍弃，抒写着他的职业美德和奉献精神。2012年春节期间，王燕良和同事们坚守在巡逻岗位，节日的礼花不停地在夜空绽放，将夜空装点得五彩斑斓。然而，周围小区的居民燃放烟花时，不慎将客户单位停车场四周的松树绿化墙点燃，火势迅速蔓延，浓烟滚滚。王燕良在第一时间发现了火情，迅速组织全队保安员立即展开扑救，他二话不说，拎着两个灭火器扑向了浓烟翻滚、火舌乱吐的火场，将大火全部扑灭。

在那次扑救的过程中，王燕良用掉了8瓶灭火器，两眼因烟熏火燎又红又肿，衣角、袖口、裤子被烤焦，身上多处被灼伤。事后，消防官兵说："多亏了这位保安兄弟及时采取措施，否则后果不堪设想！"当时停车场内停放了近200辆教练车，由于王燕良及时发现并正确处理，为客户单位避免了重大的经济损失。为此，客户单位重奖了王燕良保安班全体队员，印发简报对王燕良同志这种奋不顾身的表率行为给予了高度赞扬，同时华安保安公司因为他在救火中的突出表现，特意为他和保安队记了"个人三等功"和"集体三等功"。

这样的行为，就是王燕良的日常操行和习惯。

2011年8月26日早晨，北京的天空漆黑一片，一时间狂风大作，电闪雷鸣，刹那间，倾盆大雨从天而降，风狂雨骤，惊雷一个接着一个在头顶炸响。这时，客户单位员工上班的10多辆班车正好到达，只见员工们走下班车，急匆匆地走过两边都是高大树木的通道，突然一道闪电伴着一个巨大的火球落地，击中了行走中的员工，两名员工应声倒下。

当时，王燕良在单位门口执勤，听到有人大喊："不好了，有人被雷击了！"他冲出岗亭，边跑边将随身雨伞扔掉，迅速冲向现场，此时现场周围散发着雷击树木产生的焦煳味，一只喜鹊也被击落在地，他立即疏导惊慌的人群，提示其他人不要在树下停留。此时雷电还在继续交加，见那两人躺在地上不能动弹，王燕良和另一名保安员俯身将两名伤者背进单位，及时拨打了急救电话，并对被雷击者采取紧急救治措施。

当救护车赶到时，王燕良协助急救人员将伤者推上救护车，并陪同前往医院。在路上，受伤的员工激动地握住王燕良的手不停地说："好兄弟，谢谢你！谢谢你！"。闻讯赶来的家属得知亲人被浑身湿透的王燕良及时、安全地送到医院，便拿出现金要酬谢他，王燕良婉言谢绝，并真诚地说："真的不用了，他们得到及时救治，我已经很开心了！"

半个月后，两名伤者康复出院，给华安保安公司送去了锦旗和感谢信。这件事在客户单位员工中的反响很大，大家纷纷称赞王燕良同志舍己救人的职业操守和不求回报的奉献精神，这也转变了客户单位和外界群众对保安员的看法，都说"远亲不如近邻，近邻不如保安"。从此，他有了个绰号——"客户的守护神"。

勇为，寓于凡常

一个心怀大爱、正义充盈、时时刻刻流淌着一腔热血的人，一定是乐于助人的人，一定是无私无畏的人，一定是寓于平凡的人，而这就是王燕良的真实写照。

2012年7月25日，王燕良在乘坐东直门发往顺义后沙峪975路公交车的途中，发现在来广营车站上来一名形迹可疑的男子，多年的职业洞察力使他提高了警惕。果然不出所料，可疑男子在上下车人多的车站，向一名中年妇女实施偷盗，将这名妇女佩戴的金项链偷走。王燕良发现后，一把抓住了小偷的胳膊，但没想到的是，周围一下上来了几名小偷的同伙，并将他拉下了车。在与歹徒搏斗的过程中，王燕良被摔倒在地，随后被几名歹徒踢打。这时车上的乘客看不下去了，冲了下来，大声喊道：“警察来了！”小偷团伙一看大事不好，急忙逃窜。

王燕良起身后，不顾自己的疼痛，将夺回来的项链交给了那位中年妇女。那名妇女激动地说：“小伙子，谢谢你，你真是个好人！”这时旁边有位老大爷问：“小伙子，你是干什么的呀？”王燕良拍了拍身上的尘土回答说：“我是一名保安。”车内一下安静下来，紧接着响起了一阵掌声，从这些掌声中，王燕良又一次感受到了保安这份职业的自豪和见义勇为的高尚。

正义与邪恶总是不断地较量，仿佛就是为考验和击退王燕良而来的。

2013 年 8 月 21 日，王燕良在东直门等公交车时，见到一名中年妇女突然晕倒，周围群众都没人上前。王燕良见状，又一次当起了“好管闲事”的人，他立即拨打了 120 急救电话，并将这名妇女送到了医院。这名叫王红艳的女士醒来后联系到家属，家属非要给热心的王燕良 1000 元以示感谢，被他婉言拒绝了。事后，有朋友给他泼凉水：“以后尽量少管这样的事，万一家属赖上你怎么办？”可他却笑着说：“谁没有困难的时候呀，如果晕倒的是咱们自己家人呢？”

一次，王燕良去沙河分校查岗，看见分校墙外一中年女子呼喊着，拼命追赶一人，他奋不顾身冲上去拦住此人，这个人突然拔出尖刀，朝他挥舞着，逼他走开。他一个箭步，单手抓住小偷握刀的手腕，另一只手横过小偷的脖子，然后双腿跟进，顺势将这个人撂倒并制服。在扭打中，他的手臂被刀划伤，鲜血直流，至今左胳膊上还留有两道明显的刀疤。事后，他通过公安机关得知，这个人是一个惯偷。

王燕良“好管闲事”的事迹还有很多。

2014 年 5 月 2 日，一个小朋友在朝阳公园和家长走失了，被正在执行临时勤务的王燕良及时发现，他立即向这名小朋友询问了姓名，并领着小朋友到公园的服务中心，通过广播找到了家长。

2014 年 5 月 15 日，王燕良去公司开会，途径昌平区立水桥城铁站的过街天桥时，看到有几个人在设局骗人，在他劝说围观的人不要上当时，遭到这伙犯罪分子的围攻，并在对抗过程中手指受伤。因为他的挺身而出，这伙人受到群众的指责，逃之夭夭了。

对同事和队员，王燕良更是如春风般的温暖和兄长样的体贴。他以人为本、用情带兵，事事关心队员，当队员遇到困难时，只要他得知，便会全力帮助。2014 年 3 月，新入队的一名年轻保安员得了重病，因为刚来北京，身无分文，不肯去医院看病。王燕良得知后，立即背起这名队员去医院检查，帮他支付了医药费，还按时给他送饭，并对他说：“兄弟，是我们疏忽了，没有照顾好你。”这名保安员激动地握住他的手说：“队长，我在咱们队里找到了家的感觉，以后我一定加倍努力把工作干好！”也正是王燕良把每一位队员当作自己的兄弟看待，热心帮助的精神感染着每个人，使他所带的队伍一直非常稳定，大家团结一致，认真负责，荣获了多项集体荣誉，其中包括连续十年被客户单位评为“先进班组”。

十多年的保安职业生涯中，王燕良带领保安员多次协助公安机关抓获各类犯罪嫌疑人、破获抢劫盗窃案、处理矛盾纠纷、扑救火灾隐患，挽回客户单位直接、间接经济损失 800 余万元，挽救 3 人生命，在他从事保安工作的

13年中，客户单位没有发生过一起重大安全事故，因而荣获个人奖、集体奖20余项。2015年4月，他被中共北京市委、北京市人民政府授予了“北京市劳动模范”光荣称号。为此，他得到了北京华安保安服务有限公司董事长沈自全的重用，走上了管理部副经理的岗位，为打造一流保安队伍、为首都的治安建设继续贡献着自己的一份力量！

“保安，保安，保一方平安。”这是王燕良常挂在嘴上的一句话。多么朴实，发自内心，这字里行间包含忠诚，闪着火花。正是基于这个目标、职责、信念，王燕良忠诚守望，矢志不渝，在平凡的岗位上，走出了一片铿锵的足音，留下了一串闪光的足迹。

平凡和伟大是孪生姐妹，忠诚于党的事业，忠诚于人民的利益，忠诚于祖国的平安稳定大局，纵使平凡、平淡，党和人民也不会忘记为实现中国梦作出贡献的人们。

王燕良和北京30万保安员一样，拥有同样的初心和美好的愿望——守护平安。

作者：高若虹

刘汉双　北京安国保安服务有限公司。2015年“北京市劳动模范”，2016年“第四届全国优秀保安员”。

保安队伍中的刘汉双

2016 年 7 月，一场特大暴雨过后，整个北京城，持续数日，异常闷热。即使坐着，身不动、膀不摇，也会汗流浃背。然而，北京安国保安服务有限公司保安员，仍在一如既往地坚持着严格的体能训练，为确保一方平安，苦练过硬本领。

“一二一，一二一，一二三四。”随着响亮的口号声，一列列身穿迷彩服

的年轻人，迈着铿锵有力的整齐步伐，在烈日下跑步训练。他们像军人一样，站如松、行如风，生龙活虎、身手矫健。踢腿、摆臂，一招一式，威武、震撼。喊号的小伙子，高高的个子，身姿挺拔，一副严厉教官的模样。他，就是冒着生命危险营救战友的英雄、北京市劳动模范——刘汉双。

从小长在农村

刘汉双是一位普通农民的儿子，从小生活在忠厚善良本分的农家里。父母勤劳节俭的美德和吃苦耐劳的精神，潜移默化地影响着刘汉双，为刘汉双的健康成长，打上了良好的生命底色。农村，是最接地气的地方，也是条件比较艰苦的地方。在农村成长起来的孩子，大多数纯真质朴、吃苦耐劳。儿时，刘汉双的家庭同千千万万个农民家庭一样，生活比较窘迫。贫穷出孝子，农村的艰苦生活使刘汉双从小就很懂事，知道心疼父母，为家庭分忧。

刘汉双有个双胞胎弟弟，小哥俩的出生时间相差几分钟。然而，只比弟弟大几分钟的刘汉双，处处以哥哥的身份照顾弟弟。兄弟二人在上小学的时候，每天上学和放学都要经过一条小溪，刘汉双心疼弟弟，不让弟弟脱鞋，自己脱鞋后背着弟弟过河，一背就是 5 年时间。两兄弟相互扶持从小学到初中、高中，临近快考大学了，由于家庭条件不好，实在承担不起两个人的学杂费，刘汉双就和父母说，不想上学了，想当兵去锻炼锻炼。其实，他是不想父母太过操劳，又心疼弟弟，把上学的机会留给弟弟，才放弃学业。

日复一日，年复一年，刘汉双逐渐长大了，长成 18 岁的小伙子。18 年的农村生活，在刘汉双的生命底色中，注入了率直善良的性格、吃苦耐劳的精神。

走进绿色军营

2001 年，年满 18 岁的刘汉双告别了家乡父老，告别了一起长大的伙伴，走进他心目中神圣的绿色军营，成为一名武警战士。在即将踏上西行列车的那一刻，前来送行的父亲语重心长地对他说："儿啊，到了部队要好好干，听首长的话，不要惦记我们，不要辜负家乡人对你的期望。”带着父母的嘱托，刘汉双启程了。

新兵班长待他像亲兄长，关心爱护帮助他，和他促膝谈心：“小兄弟，好好干。”在部队这所大学校里，他学到了很多知识，提高了自身素质，也练就了一身过硬的本领。

军营里，没有缤纷的灯红酒绿，没有浪漫的花前月下。这里是热火朝天的训练场，这里是忠于职守的哨岗。真挚的战友情、同志爱，使刘汉双倍感温暖。手握钢枪，让刘汉双感到肩负的重任。谈理想、讲奉献，学知识、严训练，使刘汉双一步一个脚印成长起来。部队培养了他严明的政治觉悟、高尚的思想品质、过硬的身体素质和顽强的战斗精神。在服役的 5 年生涯中，他多次被评为“优秀标兵”。在部队这座大熔炉里，经过千锤百炼，他成为一名优秀战士。

进京当保安

刘汉双从部队转业到地方后，曾被聘用到吉林市公安局从事武装押运工作。不久，听家乡战友说，政府要招收一批复员军人到北京当保安，刘汉双很高兴。他想，北京是全国人民向往的地方，能在首都北京当一名保安，是一件神圣而光荣的事情。于是，他向领导说出自己的想法。开始，领导不舍得他走，但考虑到年轻人志向远大，去意已定，也就同意了。

美丽繁华的北京，如诗如画地展现在刘汉双面前：雄伟壮丽的天安门，宏大的皇家宫殿群故宫，老北京胡同和四合院，云集的摩天大楼，纵横交错的立交桥……古朴典雅的传统风格与先进的现代文化融为一体，使这座古老的城市呈现出崭新的面貌。刘汉双看得如醉如痴，他深深爱上了这座仰慕已久的大都市。

就这样，22 岁的刘汉双，穿上了保安装，先后在北京市保安服务总公司培训中心和北京安国保安服务有限公司担任保安员。

第一天上班，队长就给刘汉双讲述了保安工作的重要性，并告诉他，只有认真干好本职工作，才能有更好的发展。大家要精诚合作，发挥每个保安员的积极作用，为首都的稳定作出奉献。刘汉双牢牢记住了这些话，并以实际行动奉献着自己的青春和热血。

2007年1月，刘双双来到了北京安国保安服务有限公司驻新华联家园北区保安队。初来乍到，人地生疏，他要求自己尽快熟悉掌握岗位上的业务知识，主动配合项目队长摸排情况，了解新华联小区的构建，并在短时间内适应小区内各岗位的工作环境和要求。平时，他不仅自己勤奋学习，还带动身边的保安员一起学习，提高业务能力。他说，只有具备了扎实的基本功，才能提供一流的服务。通过刻苦努力，刘汉双在保安专业技能上，有了长足的提高，成为保安队伍中的骨干分子。

刘汉双把部队上的优良传统和作风带到了保安岗位上，对工作一丝不苟。无论是雷雨交加，还是大雪纷飞；无论白天，还是夜晚，他那双警惕的眼睛，总是严密注视着所管辖的范围，发现异常，及时处理。

有一天晚上，将近零点的时候，有两名青年男子，各驾驶着一辆摩托车，朝着南门方向驶来。当时，刘汉双正在新华联北区检查岗位，发现这两个人左顾右盼，神色慌张，觉得不对劲儿，便走上前询问情况。两人回答吞吞

吐吐，越发紧张了。为防止嫌疑人驾车逃跑，刘汉双随手拔下一辆摩托车的钥匙，两名青年男子做贼心虚，感觉事情即将败露，丢下两辆摩托车，撒腿就跑。

刘汉双迅速追赶，将一名可疑人员制服，另外一名逃跑者则被闻讯赶到的保安员制服。在控制可疑人员的过程中，刘汉双双腿膝盖受伤，火辣辣地疼痛。但想到由于自己的警觉和机智，为辖区两位居民追回了丢失的摩托车，挽回近 5000 元的经济损失，自己受点伤，实在算不了什么。

刘汉双在工作中，虚心向老同事请教学习，关心帮助新同事。哪里有苦差事、哪里有大难题，他总是抢着去干。哪里有困难、哪里有危险，他总是冲在最前面。

2009 年 9 月 15 日上午 8 点 30 分左右，新华联家园北区 8 号楼一单元 2 楼，发生了火灾。当时，浓烟滚滚，刺鼻的烟雾弥漫了整个房屋楼道。正在执勤的刘汉双，迅速加入到救火小组，赶到现场进行灭火。他不顾烟熏火烤，第一个冲入火海，在浓烟和火光中，在惊恐的呼救声中，他看到房间内有 3

个人，其中一人已经昏迷。刘汉双迅速背起昏迷者，领着两名被困人员，冲出被火包围的房间。随后，消防人员赶到，刘汉双便和其他保安员到外围进行人员疏散。这次火海中救人，刘汉双受到被困者家属、物业部门及小区居民的高度赞扬。

平时，刘汉双和蔼可亲、乐于助人。他经常帮助上夜班的同志打饭，替身体不适的同志上岗。哪位同事遇到困难或者烦心事，刘汉双总会像亲人一样帮助开导。由于工作忙碌，刘汉双很久都没回过家，他很想念家乡的父母和妻儿，但强烈的责任心告诉他：只要工作需要，就要坚守岗位，绝不能关键时刻掉链子。

一年365天，无论是烈日炎炎的盛夏，还是滴水成冰的寒冬，他都坚守在工作岗位上。他的坚守，换来了辖区的安定。每当看到辖区居民一张张笑脸，看到小区内洋溢着祥和气氛，看到无数家庭的窗口亮着温馨的灯光，他的心里就会充满说不出的满足和自豪。

在十余年的时间里，刘汉双把满腔的热情和短暂的青春，奉献给了他所热爱的保安事业。他认为，保安是一种神圣而光荣的职业，是小区安定祥和的守护神，是小区住户的安全卫士，是公安机关的辅助力量。无论公司将他放在哪个岗位，他都一心扑在工作上，全心全意为业主服务。他从一名普通保安员成为保安队长后，虚心向人请教保安管理工作经验，逐步提高自身的管理水平。在日常工作中，他把保安员当成家人一样去爱护，用自己的言传身教，带动影响着其他队员。

刘汉双组织保安员进行军事化管理，出操训练、培训、执勤，教大家练就一身过硬本领。他用军人的标准开展日常培训，把在部队学到的东西，全部传授给所有的新员工，并要求大家以军人的精神面貌、科学的服务理念和忠诚的敬业精神，在首都人民心中树立起一个光辉良好的保安形象。正是这种军事化的管理，培养出了一支奋发进取、努力拼搏的保安队伍，锤炼和提高了队员的综合素质，也使安国保安公司不断向更高更远的目标迈进。

危难之处显身手

对于一个人来说，最严峻的考验莫过于生死考验了。平时，刘汉双思想过硬、工作过硬，危难时刻，他大显身手，冒着生命危险，一次又一次营救战友。

2009年7月3日，是令人痛心难忘的日子。这一天，天气异常炎热，下午2点左右，通州区果园新华联家园北区2号楼发生污水管道井下人员沼气中毒事故，导致7人死亡、5人受伤。

那天，小区居民反映，楼内下水道排污不畅。于是，新华联北区悦豪物业公司派工程部维修人员，对污水井中的污水提升泵进行维修。3名身穿深蓝色工作服的工人，打开井盖，下到井内。不料，到了井下，片刻就晕倒了。紧接着，又有3名工作人员下到井下，很快也晕倒了。几名保安和物业经理见状心急如焚，一同下到井下，又很快没有了声息，情况万分紧急。事发之时，刘汉双和同事王昌军经理，正在公司驻新华联北区项目内办公室整理文件。突然，岗上一名执勤保安，闯入办公室报告："经理，不好了，外面出事了，有人晕倒在井里了！"刘汉双和王昌军闻讯，立刻放下手中的材料，火速奔向出事现场。

现场乱哄哄的，围着很多人。有的居民看到井下人没上来，都急哭了。一名女物业人员急切地喊："快救人！"刘汉双听到哭声，听到救人的喊声，虽然不知道具体发生了什么情况，但已经感觉到事态的严重性。这时，他看到小区一个污水井盖敞开着，里面散发出刺鼻的臭气。现场业主说，有好几个人下去，都没有上来，再也没人敢下去了。刘汉双得知情况，心想，井下的几名战友，生死未卜，急需尽快营救出来。时间就是生命，多耽误一秒钟，就会给战友的生命安全带来威胁。他迅速到井口，准备下去救人。一个物业人员阻止道："井下有毒气，没有保护措施不能下去，因为刚才下去的人，吸毒气后，很快就晕倒了。"

听到这些劝告，刘汉双没有胆怯，没有退缩，一门心思想着尽快救出井下遇难者。他在部队上练习过憋气，于是，深深吸足一口气，拽着一根绳子，快速下到井底。井内光线黑暗，情况复杂，污水哗哗地流淌着，水很深，走了几个台阶后，就没过了他的腰部，刺鼻的气味直往鼻子里钻。他憋着气，急切地把几个昏迷人员，从臭水中一个个拉出来，拉到井中的台阶上。接下来，把距离井口最近的保安员陈利军用绳子绑好，陈利军比较胖，背了两次，没有成功。他铆足劲，用尽全身力气，把陈利军拖到井口直下方，由地面营救人员把人拉了上去。

此时，刘汉双因憋气时间太长，头发晕，眼前金星飞舞，大汗淋漓，体力严重透支。他清楚地意识到，如果再不换气，自己也会倒在井中。干任何事情，都不能蛮干，否则会付出沉痛的代价。救人也一样，既要有勇，还要有谋，要采用科学的方法。他支撑着、坚持着，顺着梯子爬出井口，大口呼吸了几下，又下到井中。这一次，他明显感觉体力下降，远远不及第一次下井时的体力。他争分夺秒，把距离井口比较近的战友李宝旺扶起来，李宝旺是悦豪物业驻新华联家园北区安全部经理，已经深度昏迷，他把李宝旺的背靠在自己的身体上，火速用绳子将他绑好，拖到井口直下方，交给地面营救

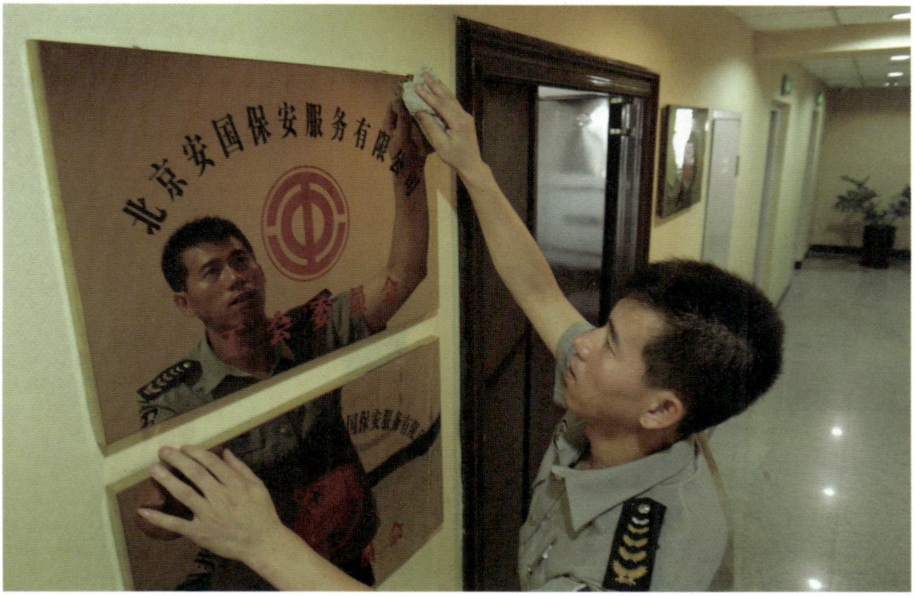

人员往上拉。做这些事情时，刘汉双是忍着剧烈的头晕、头疼、头胀，坚持的。由于浑身乏力，两个胳膊肘，多处被井梯井壁划伤。他已经憋不住气了，拖着受伤和近乎虚脱的身体，爬出井口，大口大口喘着气。

为了使刘汉双尽快恢复被严重透支的体力，周围的居民，有的递给他水喝，有的往他身上洒水。他稍作透气后，把保安员穿的一件背心浇上水，捂住口鼻，准备下井。旁人泪眼相劝："刘汉双，你不能再下去了，身体会吃不消的，这太危险了。"刘汉双一心想着昏倒在井下的战友，第三次迅速下到井底，用最快的速度把距离井口最近的潘强扶起来用绳子绑好。此时，他已经快憋不住气了，严重的缺氧和体力透支，让他头晕头疼，眼冒金星，周身无力。他拼尽最后的力气，把深度昏迷中的潘强拖拽到井口直下方，由井上人员拉到地面。当刘汉双第三次爬出井口时，眼前一黑，昏倒在地。在场的许多人都哭了，有的人一边哭，一边往他身上洒水，期盼着刘汉双尽快苏醒过来。

这个时候，其他救援的人，已经把悦豪物业工程部经理刘彦从井下救出来，抬到了刘汉双身边。当刘汉双睁开眼，看到躺在身边的战友，不顾自己刚刚脱离危险，爬过去给刘彦做人工呼吸和胸外按压。坚持了大约 10 分钟，

也未能将战友救活。看着一动不动的战友，他失声痛哭。他责备自己，如果能再多坚持一会儿，兴许就能多救出一名战友来。

当救援的消防官兵赶到后，刘汉双一直坚守在现场。不少人劝他去医院，但他惦记着井下的战友，始终不肯离开。一个又一个的战友被拉出井底，并排躺在地上，7名战友，由于中毒时间太长，没有救过来，永远停止了呼吸。刘汉双见状，悲痛欲绝，泣不成声。

持续近4个钟头的救援工作结束后，刘汉双被同事王昌军等人强制送往医院。在井下抢救战友时，他的胳膊和腿上，多处被划伤划破。

记者到医院看望采访刘汉双，问他冒着生命危险下井救人，险些丧命，后悔吗？他不假思索地回答："不后悔。"记者又问："这件事想起来就令人后怕，如果再给你一次重新选择的机会，你会如何选择呢？"他说："我还会毫不犹豫地选择下井救人。"

次日，《京华时报》报道了他连续3次下井救人的英雄事迹。刘汉双以危难之处显身手的大无畏精神，成为一名令人敬佩的英雄，获得社会上的广泛赞誉。

家庭的支持

刘汉双之所以能够兢兢业业、出色地完成本职工作，在关键时刻勇敢地冲上去，成为北京保安行业中一颗闪亮的明珠，除了单位领导的关心帮助、战友们的齐心合作外，和家庭的支持也是分不开的。他的父母、妻子为了不让他分心，把家里所有的事情都承担起来。

如今，刘汉双的父母都已经上了岁数。刘双双因为工作忙离不开，无法照顾家乡年迈的父母。2015 年，父亲患心血管堵塞，做了心脏搭桥手术。住院期间，从小就孝敬父母的刘汉双请假回到家乡，日夜守护在病床前，细心照料。父亲做完手术后醒过来，看到刘汉双站在床边，对他说："孩子，爸没事了，你工作忙，抓紧回去上班吧。"刘汉双是个听话、孝顺的孩子，更是一个有着强烈责任心、事业心的保安员，他把父亲交给弟弟看护后，立即回到自己的工作岗位。刘汉双每次给家里打电话，他父亲的第一句话总是说："孩子，安心上班吧，你爸没事的。"

刘汉双的爱人赵爽是个慧眼识英雄的好姑娘。她因为刘汉双的人品、责任心和敬业精神而选择嫁给了一没房、二没车、三没钱的他。婚后，她既是贤妻良母，又是孝敬公婆的好儿媳。刘汉双能想到的，她都做到了；刘汉双没有想到的，她也都能做到。公公有病时，她像女儿一样，精心伺候，帮公公洗脸、洗脚。平时，她定期给公婆钱，公婆知道儿子儿媳生活并不富裕，坚决不要，她就主动为公婆购买营养品和衣服，用实际行动孝敬公婆，好让自己的丈夫能够安心工作。

正是有了父母的理解和支持，以及如此贤惠善解人意的妻子，没有了后顾之忧的刘汉双才能一门心思扑在工作上。

工作至今，刘汉双被北京安国保安服务有限公司先后评为"优秀个人""优秀工作者""优秀纠察""优秀保安教官"等；2015 年，被授予"北京市劳动模范"称号。在荣誉面前，他不骄不躁，用更高的标准要求自己。他清楚地认识到，荣誉和成绩的取得，离不开领导的关心帮助和大家的共同努力，离不开家人的支持。他认为“荣誉属于和我一起并肩作战的保安战友们”，决心带动身边的保安员，更好地为千家万户服务，用真诚的守护去谱写保一方平安、促社会和谐的新篇章。

他说：“我要一如既往地奋发向上、勇于拼搏，不断超越自我，用实际行动实现自己的价值，和大家一起，为企业的发展、为首都的稳定、为祖国的富强，作出更大的贡献。”

作者：秦景棉

李海龙　北京千翔保安服务有限公司。2015年“北京市劳动模范”。

保安
工会委员会
团支部委员会

军人是我不变的本色

每个人都是一颗种子，每颗种子都是一个生命，每个生命都是为世界而生，每个生命都担负着这个世界的使命。

他，一位魁梧的男人，身高一米八几的汉子，五官端正，眉浓眼明，一见面就让人感觉到一股军人的正气扑面而来。

他，天生就是战士，就是为保一方平安而来。

他，就是“北京市劳动模范”“保安之星”，一个从事保安职业近20年，用青春、汗水为保安事业默默奉献，集众多荣誉于一身的北京千翔保安服务有限公司的保安员李海龙。

步入军营结下军人情结，做保安坚守军人的神圣

1976年8月6日，李海龙出生在河南省驻马店，从小他就喜欢扛枪打仗，每次得到放映《地道战》《地雷战》《小兵张嘎》的电影消息，无论在哪个村、无论离家多远，他和小伙伴都会像旋风一般“席卷而去”。

1993年12月，李海龙如愿以偿地参军入伍，走进了渴望已久的军营，成为名副其实的军人——一名持枪站岗的解放军战士。

在部队生活的三年，摸、爬、滚、打，踢正步、练站姿、野营、集训、站岗放哨，让李海龙深深体验到了军营里特有的神圣——坚毅、果敢、正义。

部队的生活虽然不是李海龙儿时想象的那样有趣好玩，但军队服从命令、听从指挥的作风，无私无畏、奋勇拼搏的精神，激励着、影响着年轻的李海龙：军人，代表着一股力量、一股气势，是正义、勇敢的化身！

部队的三年生活很快就结束了，李海龙不得不脱下那一身代表正义的军装……1996年12月，李海龙退伍，离开了热爱的军营。

为了重新找到“军营”的感觉，1997年，李海龙来到北京成为北京卫戍区52601部队保安大队的一名保安员。整齐的着装、正规的训练、张弛有序的规章制度，与当初所在的部队没有什么区别。李海龙守卫在大门前，仿佛找回了军人特有的“神圣”。

但是，从每天门口出入人的眼里，他看出了不同，看到了轻视，从那一句句“不就是把门的嘛”“看门狗”的言语中，他感觉到了委屈……

“您退伍时正赶上改革开放的最好时期，为什么选择当时并不太被看好的保安职业？”

“是的。我们中间有许多同事很快转行，能坚持一年的人很少……”说到这儿，李海龙这个魁梧的汉子眼睛似乎有些湿润。

“当初也没有想那么多，觉得保安制服很神气，和部队生活也差不多，当过兵的经历让我向往这种生活……”

“可是您坚持下来了，而且一干就是20年！不仅如此，还拿下了本科文凭？”

听我说起这事，李海龙脸上闪过一丝羞涩的同时，心情略显激动。

原来，李海龙也曾困惑、犹豫过，甚至想过转行：“许多同事转行后都成就了自己的事业，看到他们，我自己也想出去闯一闯。可是思来想去，自己转行能做什么呢？”

保安大队的领导看出了李海龙的心思：“只要你不小看自己，就不怕别人不尊重你！”

领导的信任和鼓励，让李海龙增强了信心，“干一行、爱一行”成为他的信念。

质朴的李海龙不会夸夸其谈，更不会钻营取巧，他相信靠自己的坚持和执着，一样能干出模样来！

“我是军人，即使我脱掉军装，我也是军人！军人，是我不变的本色！”

李海龙当保安第一天站岗，对出入门口的人员查验证件时，就被人们的问题震住了：“你是新来的吧？”

“对，我是新来的。”李海龙嘴上说着可心里却嘀咕：“他又不认识我，怎么就知道我是新来的呢？”

第一班下岗后，李海龙向班长汇报值勤情况，并好奇地问班长。班长笑笑说：“他们是通过你执勤时的动作和语气看出来的，新兵的动作不是很自然，说话的语气比较硬，原则性强，不灵活，除了查证，不会主动打招呼。你多观察观察老兵值勤就知道了。”

“我没想到保安工作还有这么多技巧和学问，刚开始我认为，保安工作太简单了！不就是往门口一站，查个证件，在院内转转巡巡嘛！随着站岗工作一天天过去，我才真正体会到，保安工作并不是那么简单，是需要有敏锐的观察力的。通过观察过往人群的每一个特征，就能辨别是不是内部工作人员。

保安工作不是机械化流程，要有主动的服务意识。你主动热情地向出入人员问好，大家也就主动地出示证件配合你的工作。而且，保安员还要有一定的专业技能和消防常识。这就是我最初对保安的理解和认识。”

李海龙在班长的培养下，经历了 3 年的保安时光，逐步成长为一名合格的保安员。为了进一步提高，李海龙利用业余时间积极学习，努力提高文化水平。通过努力，他终于在 1998 年取得了行政管理专业的大学本科文凭。

21 岁的李海龙在领导的鼓励下，有了当“保安”的信念；25 岁的李海龙在自己的努力下，取得了大学文凭，更是有了干好“保安”这一行的自信：当保安，很光荣！

李海龙当保安，不仅严格要求自己，而且把自己身边的保安员带动起来，从站立走姿，到礼貌用语：“您好”“再见”，再到巡逻守护、安全检查，都像军人般一丝不苟。

“阿姨，我帮您”“老大爷，我扶您上楼梯”……为身边百姓服务，几乎成了李海龙的家常便饭。捡个钱包、拾到贵重物品送还失主，失主送锦旗，也是常见的事。而这些他认为应做的小事，却感动着客户，也感动着身边的

保安员。

带出一支有军人气质的好队伍，打胜仗

有严明的纪律，有吃苦的精神；有礼貌，有文化；服从命令，听从指挥；来之能战，战之必胜！

2000 年，李海龙开始担任保安队长，为打造一支素质过硬、服务规范、形象良好和群众满意的保安队伍，他对自己高标准、严要求，以身作则，鼓励队员追求上进。

李海龙利用学来的知识和自己的工作经验，结合客户需求，为保安队制订了一系列培训学习和技能训练计划以及管理规章制度，并且为了提高保安员的应急能力和文化素质，亲自组织保安员训练学习。

李海龙在日常管理中，既有制度上的严格要求，也有人性化的生活关怀。队员生病了，他及时买来药品给予关怀；队员有困难了，他主动帮助解决；有的队员刚来北京不太适应，他主动找其聊天谈话，帮助队员给家里打电话，让他和家人说说话；有的队员思想波动，他耐心说服，告诉他保安员的价值和

出路，使队员情绪很快稳定下来。

李海龙用真心温暖着每一名保安员，在工作中时刻观察队员的思想情绪变化，了解队员的思想动态，与队员及时做好沟通。同时，经常反省自己的工作，反思自己对队员的关心够不够，尽量减少队员在工作中的压力，把队员当自己的兄弟看，给予他们关心与爱护。

2006 年，李海龙担任了菜市口通讯楼保安队长一职。上任后，他便遇到了第一个难题。按照惯例，每逢节假日后第一天上班的上午，通讯楼管理中心都要举行升旗仪式。

李海龙接到任务后，首先收集有关升旗仪式的视频资料，组织保安员反复观看学习。然后，带领担任升旗手的几名保安员连续几天早出晚归，到天安门广场近距离观看升、降旗，回来后组织保安员根据看到的动作进行反复练习。最后，针对通讯楼实际制订升旗方案，一遍又一遍组织升旗手演练。就这样，经过李海龙不懈的努力，不仅完成了 2007 年元旦后上班第一天的升旗任务，而且为保安队留下宝贵的升旗经验和资料。

李海龙执着的军人本色，使他的基础工作实、工作作风硬、责任意识强，他通过不懈努力，身体力行，使保安队伍终于有了军营的气息，他亲手带出的一个个保安员也拥有了“军人”的风范。

保安，就是保一方平安

每个保安员都是不穿军装的战士，每一次保安任务都是一场必须胜利的战斗。虽然保安员的战场上没有硝烟，但平静中更需要时刻准备着、警惕着。

2004 年春节，中华大地都沉浸在欢乐祥和的气氛里，家家户户都在温暖如春的家里，或举杯言欢，或围桌执棋，谁也不会想到，就在这美好温馨的时候，有一场“战斗”正在紧张地进行着。

大年初六，寒风刺骨。北京市东城区美惠大厦地下一层车库出口处的消防栓因气温太低，突然爆裂。瞬间，带着冰碴的水如破堤一般冲向车库。当时正是李海龙带队值班，接到中控室报警后，他迅速组织全体人员全身心地投入战斗。

一双双脚顾不得刺骨水流的“撕咬”，一双双手顾不得被冻得生疼麻木，顺水流、提井盖，挡、掏、清、扫……大家忘记了寒冷，心中只有一个念头：快！快！再快点！李海龙带领大家紧张忙碌了 4 个多小时，才抵挡住了一场突如其来的“水灾”。

一场“水灾”，一场战斗！李海龙和他的队员们，赢得了最后的胜利，使客户单位的损失降到最低，赢得了全体业主的一致赞誉。

一场“水灾”，一场灾难！但正是这场灾难，凸显了李海龙和保安员们一颗颗爱岗敬业的心，更激发了李海龙和保安员们对自己价值的认可，增强了对社会责任的担当！

2014 年全国“两会”前夕，李海龙被借调到北京市保安服务总公司国都分公司担任临时成立的政治中心区辅警保安队大队长。接到命令后，他第一时间赶到驻地与领导见面，及时了解工作情况及任务重点。面对从各分公司抽调上来的 200 名陌生面孔，以及现场艰苦的住宿和就餐环境，再加上“两会”召开在即，留给李海龙的时间十分紧张。

“我真是心里没底，但是，政治任务不能儿戏，我只能做好，也必须做好！”李海龙这样告诫自己。在这紧要关头，他当天便搭建了组织管理架构，召开第一次管理部署会，说明辅警工作的重要性，并根据人员情况进行岗位部署，鼓励大家心往一处想，力往一处使。

随后，他与保安员吃住在一起，每天找保安员谈心，召开民主生活会，协调改善驻地伙食和生活环境，帮助队员缓解思想和工作压力，稳定了“军心”。“每天还要召开骨干会，做到岗位执勤与内部管理心中有数，处置突发情况时才能游刃有余。”在李海龙的意识里，稳军心、重预防、严管理，三道防线缺一不可。

“两会”期间，李海龙每天两次步行到长安街岗位进行巡视检查指导。吃完早饭从驻地出发，由西向东到建国门，再返回，由东往西到复兴门，对岗位逐个检查指导，这一圈检查下来就需要两个半小时。虽然脚上磨起了泡，但他还是提醒自己必须坚持下去。公司把这么重要的任务交给了自己，是对自己多么大的信任。只有确保万无一失、圆满完成任务，才能不辜负领导的信任。

2014 年国庆节前期，李海龙被抽调到天安门广场，负责天安门广场四周的安全保卫任务。国庆当天，天空下着小雨，李海龙带领 36 名保安员到广场进行岗位交接，完全顾不上穿雨衣，一圈下来，浑身都被淋透了，可他还不放心，再次叮嘱带班负责人确保安全，不能出现一丝疏漏。部署完工作后，他又巡视一圈，才放心地返回驻地。而这时的他已经浑身湿透，雨水还顺着帽檐往下淌，他冻得不停地哆嗦，当晚就感冒发烧了。第二天，他顾不上休息，依旧准时集合带队上岗，连续 7 天坚守在岗位上，保安队伍集体为他点赞。

2015 年，李海龙被授予“北京市劳动模范”荣誉称号。对自己从事近 20 年的保安工作，他做了这样的总结：只要付出就一定会有收获，只要肯学习就一定会成功；没有你不会做的，只有你不敢做的；只要坚持自己心中的那份执着，就能成就自己的一份事业。

自古忠孝不能两全，硬汉也有儿女情

“你们公司的保安员的家基本都在外地吧？”

“差不多。”

“你们有探亲假吗？一年大概有多少天？”

“出门在外，尤其是我们，离家不是几百里，就是上千里。我们公司的保安员大多是来京务工人员，而且大部分都已成家。想家，谁不是呢？公司每年会安排每个保安员回家探亲，可每次在回家的路上、到了家的时候，心里都在‘备勤’！只要得到公司‘归队’的召唤，我们都是二话不说，拔腿就往公司赶……

“农村老家种着十来亩地，每年种着两季庄稼。每年夏收和秋收都让自己很纠结。前些年都是靠父母，可是随着岁月的流逝，父母的年龄越来越大，早就是力不从心了……

“我们保安员大部分都是从农村来的，每家基本都种着庄稼，都面临着这样的问题，也都特别纠结。想回去吧？可还要照顾其他队员的情况，工作中还不能缺岗，影响单位的工作；不回去吧？又担心父母太劳累，身体吃不消……

“每年这个时候自己最难抉择，每次都不得不狠着心给父亲打电话说‘爸，对不起，又不能回去帮忙了……’而父亲只是说‘没事，工作要紧，我什么都能干得了。’每次挂断电话，自己都忍不住掉泪，心很痛……

“老话说‘养儿防老’，可是父母老了，自己却什么也帮不上，还要父母为自己操心。这么多年，自己回家时间太少，没有时间陪伴父母、妻子、孩子，亏欠他们的太多、太多……”

“假如家里遇到急事或父母生病呢？”我这个问题一抛出，李海龙低着的头更低了……

羊羔跪乳，乌鸦反哺，人非草木，谁能无情？

2008 年北京奥运会期间，正是保安服务工作的最紧张时期。李海龙坚守在客户单位第一线时，老家突然来电话了，母亲哽咽着告诉他，他的父亲住院了，而且需要手术。李海龙拿着手机的手颤抖了，好半天也没说出话来。

李海龙是家中长子，18 岁离家入伍，21 岁离开部队后就来到北京当保安，这一走就是 15 年！一米八几的汉子，30 多岁，正是家里的顶梁柱。如今父亲病了，母亲哭着，盼望着他回去……

“说实话，我特别着急，想马上买票回家，这么多年亏欠父母的太多、太多了……可是这关键时候，我怎么能丢下工作呀！我一边稳定着自己的心情，一边迫不及待地给弟弟打电话，让弟弟先回去照顾生病的父亲。”李海龙心里的急，压抑着；心里的痛，强忍着；满眼的泪水，也只能找个没人的地方抹一抹……但是牵挂和真情是难以掩饰的。公司领导发现了李海龙的异常，立即派人到老家照顾他生病的父亲，并带去慰问金和慰问品。同时，提前为他预定了奥运会结束后的车票，安排他安保工作结束后回家探亲。

已近不惑之年的李海龙一直有着朴素的想法：既然来到北京，成为一名保安，就要把保安这份工作当作自己终身的事业做好。这也许就是“不忘初心、方得始终”的真正含义。

作者：侯淑玉

尹立云 北京京诚京安保安服务有限公司。2015年“北京市劳动模范”。

立志凌云一小丫

2009年春节过后，一个不到20岁的女孩决定从邯郸到北京去寻找一份新的工作。

这一去，之后的几年间，她没能在家过一次春节。

由于保安行业的特殊性，她在全国人民都欢度假期的时候，必须留在岗位上。

这个女孩叫尹立云。

一个从事保安工作的女孩。

她工作的单位叫北京京诚京安保安服务有限公司。

2015 年，这个在北京工作了 6 年的女孩，被评选为北京市劳动模范。

中国人民抗日战争胜利 70 周年大阅兵那天，她受纪念活动办公室的邀请，登上天安门观礼台，参加了盛典。

对事业、梦想和未来的追求，使这个年轻女孩一步一个脚印地走在北京保安行业的道路上。

步履扎实展才智

那一年，尹立云决定到北京，是因为她听说京诚京安保安公司所承担的国家大剧院保安项目正在招聘安检员（安全检查人员）。

1989 年，尹立云出生在邯郸市邱县邱城镇前尹庄村一个普通的农民家庭。如同很多的农村女孩一样，计算机办公软件毕业的她，来到了向往以久的首都北京，开始进入社会寻找工作。

很多人为了自己的生存或者梦想，踏上了北京的旅程。不可否认的是，很多人到北京来之前并没有做好准备，到北京后的生活之路并不平坦。他们没有找到自己的位置，总是在一个又一个工作岗位之间徘徊，最终不得不离开北京。

尹立云从小就是一个聪慧、朴实的女孩。她上小学时的班主任郭老师曾这样评价她："立云上学的时候非常稳重、朴素、勤俭节约、尊敬老师、热爱劳动和学习，拾到钱、物总要交给老师，虽然不太爱说话，但做什么事情都愿以实际行动去证明自己。""小伙伴们玩耍的时候，都喜欢和立云在一起，因为她从不和别的伙伴发生矛盾，见到有人哭了，她上前劝解，还经常在学校里帮助同学。她有一颗金子般的心，在朋友和同学圈里，人缘很好，她童年最大的愿望就是想亲眼看一看天安门升国旗的情景，并梦想着能到北京工作。"她最好的伙伴这样称赞她。

尹立云从小就对北京充满向往和渴望，在真正上路之前也并不盲目。来北京之前，她参加了一个电脑培训班，学习掌握了电脑基础知识。

终于，一个机会来了。

邯郸市劳动局发布了北京京诚京安保安服务有限公司招工的消息，招工的岗位是安检员。这个岗位很普通，但让尹立云眼前一亮的是，被招入的人员在面试合格后将被安排在国家大剧院工作。国家大剧院位于北京首都政治核心区、天安门周围，这让尹立云更加坚定了要到北京工作的决心。

尹立云的父母听说她要去北京工作，很不放心，毕竟她是一个只有 20 岁的女孩子。尹立云告诉父母，她打算和另外两个女孩一同去北京，有伙伴相互照应，北京距离邯郸只有几个小时的车程，如果这个工作有什么不合适的地方，她当天就可以坐车回家来。她的解释让父母放心地把她送上了到北京的长途汽车。

虽然尹立云对来北京工作想得很周全了，但在应聘时差点被拒之门外。

由于服务的场所和单位比较特殊，安检员招聘中的身高要求极高。尹立云的身材在女孩子里面算是标准的，但还是为了保险穿上一双内增高的鞋。然而，由于和尹立云一起应聘的两个女孩都很高，招聘人员看了一下就同意聘用她们，而拒绝让尹立云填表。尹立云很失望，只好准备离开。

如果当时的招聘人员坚持不录用尹立云，几年后他可能会非常后悔。但是，这种情况在最后一刻得到了扭转。因为春节刚过几天，用工人员十分紧张，最终公司还是选择让尹立云留下试用，如果她试用期表现好，能够胜任这份工作，就可以继续留下。

安全检查，已经成为人们生活中的一个常见景象，几乎每天都要经历。但对安检员的工作，一般人并不清楚。在外人看来，安检员穿着整洁的工作服，风吹不着、雨淋不着、日晒不着，是一份比较清闲舒适的工作。但他们不了解的是，安检员的工作责任十分重大。安检的内容主要是检查被检查人员及所携带物品中是否持有枪支、弹药、易燃、易爆、腐蚀、有毒放射性等危险物品。上述物品中哪一件被漏检，对公共安全都会产生极大的安全隐患。

这就要求安检员每时每刻都要保持头脑清醒、运作快稳、观察敏锐、细致入微。同时，还要做到文明礼貌、微笑服务。在安检工作中，常常会有一些不配合安检的人员，这就要求安检员对其进行劝解。

国家大剧院人流涌动，每一位安检员每天在安检口都要面对上千人次的游客和观众。一个班次下来，安检员都会觉得腰酸背痛、四肢麻木，甚至不想吃、不想喝、不想说话，就想躺下来休息。

尹立云认真面对自己到北京后的第一份工作，每天在安检岗位上一丝不苟，亲切和蔼。虽然很累，但一旦出现其他安检员身体不适不能上岗时，她会主动提出替岗；临时需要增加安检勤务时，她总是积极主动申请。很快，这个刚刚考察录用的女孩，就被公司提拔为安检小队长，负责国家大剧院的安检工作。

尹立云在坚持一线工作的同时，利用业余时间自学了《北京市城市轨道交通安全检查操作规范》《安检人员语言举止行为规范》《安检器械使用管理规定》《安检交接班制度》《安检勤务规范》和《处理禁限带物品的程序及规定》等各项与安检有关的制度和规定，既积累了实际工作经验，又学到了管理知识技能。

在尹立云的带领下，小队中的安检员始终保持“安全无小事、出事是大事”的责任意识，时刻牢记“一份安检、十分安全”的工作理念，有问题就一起交流讨论、一起探索解决。短时间内，尹立云小队的整体执岗能力有了显著提升。

2009年3月，刚刚从事安检工作两个月的尹立云，因出众的工作能力，被调到公司总部办公室工作，进入了公司的管理部门。

脱颖而出展素养

北京京诚京安保安服务有限公司十分重视企业文化建设。在公司的网站上，有这样一段文字介绍："企业的竞争就是人才的竞争，公司非常重视对高端人才的管理和骨干的培养。从招聘环节入手，将有志于保安行业发展、有专业能力并具备管理水平的人才，放到重要岗位上锻炼、培养，使他们逐步成长为公司发展的中坚力量。"

同时，公司对广大保安员和安检员，注重培养、锤炼、任用，在工作中严格要求、在生活中关心爱护，并通过循序渐进的培训，提高他们的素质，不但起到了拴心留人的作用，更使他们成长为适应时代发展的有用人才。

尹立云走进这家公司，是她的选择，也是她的幸运。

在任何一家公司，办公室都是一个十分重要的部门。它承担着公司的综合管理职责，也是公司的窗口和形象。

尹立云刚到办公室时，岗位是普通文员，主要负责检查和统计公司所有员工的考勤情况，录入一线员工考取上岗证所需资料和所有新员工信息。这显然是一项枯燥、烦琐和乏味的工作。

由于公司业务发展的需要，每天都会有新员工入职。从管理要求上讲，员工信息的录入工作必须同步进行。也就是说，这项工作每天都要进行，而且每天入职的新员工都不止个位数。

公司实行半军事化管理，根据人员招聘情况，每隔一段时间，都要组织新员工进行业务培训，以便员工能尽快考取职业资格证，做到持证上岗，而这需要尹立云及时、准确地进行人员信息采集。

尹立云在录入每一条人员信息时，都将相关信息认真核对，对感觉有问题的材料进行甄别。在人员信息中，经常有出生年月与身份证不符、身份证和联系电话位数出错，以及漏填员工名字等问题。发现错误后，她都会及时反馈到有关部门进行核对。通过这些细致的工作，从源头上把握住了员工信息的准确性，为后续工作奠定了基础。

人员每天的考勤记录数以千计，这项统计关系着人员工资的发放，要检查核对更是一件繁琐的工作。因为保安行业的人员流动率相对其他行业较高，公司每天都有数量不等的离职者，以前常因为统计数字上的误差，导致离职保安员和工作人员争执。但自从尹立云接手这项工作后，公司没有再发生过一起因为统计考勤问题而导致离职人员不满的事件。

办公室文员在公司里是一件不起眼的工作，影响不到公司的业务，但在维护公司正常稳定运转方面起着润滑剂的作用。

很多个晚上，别的同事都下班了，尹立云仍在办公桌前忙碌。同事拉她一起去吃饭，她也顾不上。大家说她是自找苦吃，她说："这些都是关系到大家切身利益的事，既然是我负责的，哪怕我自己再辛苦点，也是值得的。"话不多，很朴实，从中可以真切感受到她对待工作一丝不苟的态度。自己手上的活已经很多了，但办公室里别的同事忙不过来的事，她也要上去帮一把。任何临时性的工作，她从没落下过，总是积极主动地参与。

尹立云对待工作始终无怨无悔、吃苦耐劳、认真负责，把所有工作都当成领导和同志们对自己的锻炼、考验和信任。不久前，领导把一项比统计员工信息更重要的工作交给了尹立云，让她开始负责处理公司经常性的公文、通知和通报等的行文工作。这对尹立云来说，又是一项全新的、以前完全没有接触过的工作。她一方面通过电脑上网，查阅下载了大量行业性参考资料，另一方面自己花钱购买了一批与行业有关的行文规范等书籍，仔细研读学习。很快，她就胜任了这项既要有独到见解，又要遵循一大堆条条框框的工作。

辛勤的工作赢得了领导和同事的好评，更多的机会摆在了尹立云的面前。

2013 年，北京保安协会组织职业经理人培训班。尹立云作为北京京诚京安保安服务有限公司最年轻、职位最低的员工被派往参加。在培训过程中，尹立云课上仔细听讲、认真做笔记，课下反复复习、用心理解。功夫不负有心人。培训结束后，尹立云顺利通过职业经理人考试，并荣获了“优秀学员”称号。

从培训班归来，公司任命尹立云为办公室副主任，主要负责公司投标工作，协助办公室主任做好办公室日常工作。尹立云从一个公司向社会招工招来的安检员，成长为参与公司业务运营工作的管理人员。

独挑大梁展胆识

招标是一种国际上普遍运用的、有组织的市场交易行为，是贸易中的一种工程、货物、服务的买卖方式，相对于投标，称为招标。招标是指招标人（买方）发出招标公告或投标邀请书，说明招标的工程、货物、服务的范围、标段（标包）划分、数量、投标人（卖方）的资格要求等，邀请特定或不特定的投标人（卖方）在规定的时间、地点按照一定的程序进行投标的行为。

根据《政府采购法》的规定，属于政府预算并达到一定金额的服务项目，应当采用公开招标方式。投标是企业管理中最重要的环节，它的成败关系到企业的生存和发展。

负责公司投标工作的这一年，尹立云 24 岁。北京京诚京安保安服务有限公司已经是一家拥有近万名员工的企业。

新的任命！新的使命！

尹立云没有畏惧困难。她把压力变为动力，当成催动自己高速飞行的推动器。她白天正常工作，晚上主动放弃休息，自己充电，首先开始系统学习保安行业投标书的写作规范。

投标书的制作是非常专业的工作。标书中要写明投标的依据和主导思想，要把投标者的经营思想、经营方针、经营目标、经营措施、要求、外部条件等内容具体、完整、全面地表述出来，力求论证严密、层次清晰、文字简练。如果没有做过投标书，那么写标书时肯定无从下手。

尹立云在读了几十本书籍、搜索了几百页网页后，在办公室前辈的指点下，很快了解了招标、投标的常识和规律，掌握了制作投标书的技巧。

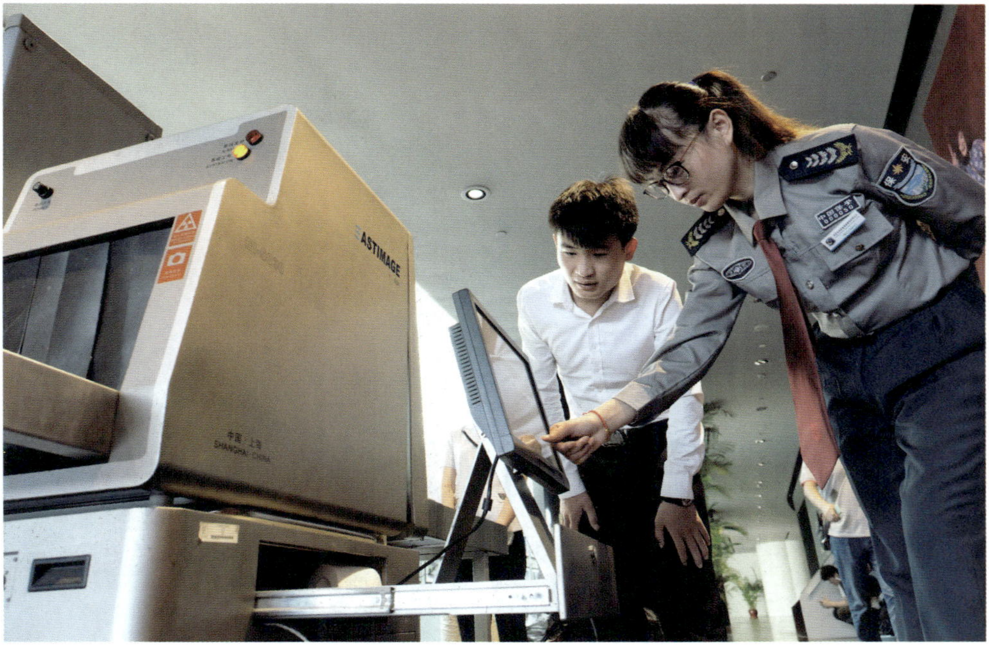

每当接到一个招标通知时，她都会认真分析数据，仔细测算兵源配置，精算人工成本，阅览相关资料，科学制作投标文件……

竞标时，她胸有成竹的神态给客户留下了深刻的印象。

努力结出硕果。就在尹立云负责公司项目招标工作的当年，北京京诚京安保安服务有限公司就先后中标了中国国家博物馆、中国科学技术馆、北京市国家税务局、北京地铁 8 号线等单位及地方的多个保安服务项目。

就在这年年底，公司通过考察，给出了尹立云工作的考评意见：尹立云没有辜负公司领导对她的悉心栽培和殷切期望，虽然文化程度有所欠缺，但通过后天个人自身的努力，在办公室的各项工作岗位上练就了一身本领，提升了自己的综合能力，已经初步成长为企业不可或缺的一员干将，堪当大任。

2014 年年初，为了适应公司迅猛发展的需要，公司领导经过研究决定，专门成立了市场开发部，负责与公司投标有关的所有业务工作。尹立云被任命为市场开发部部长。

尹立云开始独立领导管理一个部门。

做好部门正常运转，为公司业绩增砖添瓦，是她要面对的新课题。刚开始接触制作投标文件的时候觉得很简单，只要按照招标文件后面的格式照做就行了，而实际制作时才体会到不容易。制作标书需要很大的耐心和细心，如果不注意忽略或遗漏了某个条款细节，不仅会成为无效标，而且很容易产生废标，从而对公司产生负面的影响。

在日常的工作中，尹立云努力找出自身存在的不足和缺陷，认真学习好招投标相关法律、法规及文件资料，不断总结与反省，不断鞭策并充实自己，掌握好专业知识，提高自身工作能力和业务水平，加强工作责任感，以便更好地满足工作需要。

在公司领导及各位同事的帮助下，尹立云很快适应了新环境，对招标投标工作有了更深层次的了解，学习到了以前工作中无法学到的知识和技能。其实很多时候，决定一切的是态度。有了正确的态度，就可以将压力转化为动力，踏上成功的舞台。

部门一宣布成立，尹立云立即召开了工作动员会。会上，她首先向参会人员介绍了近年来保安行业市场的发展形势、公司领导交给的任务以及任务的重要性，要求公司有关人员加大公司的宣传力度和广度，希望大家要放开思路、集思广益，努力拓展市场渠道，积极主动参与投标工作。会后，她又组织本部门人员一起学习国家招投标相关法律、法规，给大家讲解了在标书制作过程中哪些地方容易出现错误、哪些地方必须重点把握等，还根据每个人的性格特点和特长进行了细致的分工，及时、稳妥地将这个新成立部门的工作全面铺开。

尹立云每天除了工作，似乎没有别的生活。她住的宿舍就在公司的办公楼里，白天到楼上的办公室工作，晚上到楼下的宿舍睡觉，感觉工作和生活就是连成一体、不可分割的。

“辛苦吗？”

“辛苦，但更多的是乐趣。”

尹立云常常和同事们说起公司老总的创业史。北京京诚京安保安服务有限公司董事长王金山原来就是一名普通的保安，后来创办了这家公司。尹立云常常用老总的创业经历鼓励自己。

生活因为有梦想而美丽。

尹立云从邯郸来到了北京，有了自己的工作，有了自己的事业，也赢得了自己应得的荣誉。

她连续几年被公司评为“先进个人”，并荣获“个人三等功”；2014 年、2015 年被公司授予“特殊贡献奖”；2015 年，被北京市人民政府评为“北京市劳动模范”，并受中国人民抗日战争胜利 70 周年纪念活动办公室的邀请，在天安门观礼台上参加了阅兵盛典。

尹立云在通向自己梦想的路上，走得越来越坚定、越来越轻盈、越来越靓丽。尹立云曾在她的微信中写下这样一段话：

“作为一名邯郸籍在京农民工被授予‘北京市劳动模范’，并在国旗下观看阅兵，是政府给我的最高荣誉，也是对一个农民工成绩的肯定。看到祖国越来越繁盛，军事越来越强大，目睹阅兵是我最大的愿望。能亲眼见证这个激动人心的历史时刻，是我一生难得的机会，我感到无比幸运和自豪。铭记历史，珍惜美好生活，我会加倍工作，尽自己最大的努力，为企业、为社会、为国家做贡献，争做全国优秀农民工，做首都的忠诚卫士。”

作者：杨建业

金大玮　保全世纪（北京）保安服务有限公司。2008年获“首都五一劳动奖章”，2015年“全国优秀农民工”。

保安

展宏图　争当行业排头兵

每个人，都有一个梦想。每个梦想都是一粒种子，只要不抛弃不放弃，都会生根发芽，只要坚持就会让梦想成为一生追求的理想。

他出生在一个被誉为“红军故乡、将军摇篮”的中国第二大将军县——安徽省金寨县。在那里他深受红色基因和革命传统的影响，从小就梦想着做一名军人，立志做一个“守护平安”的人。他一路走来历经曲折磨难，却初心不改，他硬是靠着坚强的军人意志，把自己的梦想追求成了理想，并规划成美好的蓝图，实现着自己“守护平安”的志向。

他曾经是一名武警战士，一名普通的保安员、教练员，如今他已成为北京保全世纪保安职业技能培训学校的校长。2007 年，他获得首届全国保安员职业技能竞赛技防专业的亚军；2015 年，他被国务院农民工工作领导小组评为“全国优秀农民工”，破格成为一名“北京人”。

他是谁？他就是一个“80 后”，一名共产党员，一个靠自学取得本科学历的保安员——金大玮。

立志保安事业，坚持追梦方向

1983 年，金大玮出生于金寨县一个贫困的小村庄，父亲是小学教师，母亲是地地道道的农民。妹妹出生后，父亲下了岗，原本不富裕的家更加困难了。中专还没毕业，金大玮就在家里亲戚的劝导下，于上学期间学起了木工手艺，准备中专毕业后做一名木匠。但他渴望上学读书的目光，终究没有逃过父亲那双曾教书育人的眼睛，最终还是让他把全部精力放到了课堂上。

为了减轻家里负担，2002 年 11 月，中专毕业没多久，金大玮便参军入伍。18 岁的他如愿以偿地成为武警南平支队的一名战士，实现了做一名军人的梦想。

走进军营，新的天地、新的战友、新的生活，不仅打开了他的视野，更激发了他年轻的胸怀和志向。

“报考军校！”一股热潮充斥着整个军营，更是让 18 岁的金大玮热血沸腾！

“你不行！文化水平太低，不够报考资格。”战友们的话如迎头一盆冷水，一下子刺伤了他。

“我不行？我就不信了！”金大玮眼里委屈，心里却暗下决心：参加自考！拿下大学本科学历！

从 2002 年至 2006 年，金大玮凭借在部队磨炼出的坚强意志，利用 4 年时间，成功拿到了北京成人高等教育自学考试大学本科文凭。他从部队学到地方，从武警战士学到保安员，舍去了多少个悠闲假日，用去了多少个不眠之夜！但这张浸满汗水的文凭，却一直引导着他追梦的方向！

两年的兵役生涯很快结束，他离开部队，开始新的追梦之旅。他顾不得回到阔别两年的家乡，顶着家人及所有亲戚朋友反对的压力，执意要到全国政治、文化中心的首都北京打拼。经过一个多月的体验，让这个“初生牛犊”终于认识到了理想与现实的差距！眼看兜里仅有的一点退伍费就要用完，为了生计，最终他选择在北京市保安服务总公司海淀分公司做起了一名保安员。

时间不长，家里人便知道了他的“遭遇”，各种类似“不听老人言，吃亏在眼前”的道理向他展开了攻势！

“你不说到北京干大事吗，这就是大事啊？”

“你不说到北京做生意吗？怎么还干上保安了！”

一接到老家那头的电话，就是各种各样的质疑和讽刺！

“做保安怎么了？我就是要做保安！并且还要做一个受人尊敬的保安，做一个有文化素质、有娴熟职业技能的好保安！”他那骨子里桀骜不服输的劲头又一次迸发！

浮躁、自私、任性、责任感不强，是这个社会很多人对“80后”的看法。金大玮是名副其实的“80后”，但他不是没有目标。在部队他把劲头用在了训练上，摸、爬、滚、打、辗、转、腾、挪等专业的军事训练，样样不服输！从军两年，两次获得个人嘉奖和“优秀士兵”称号。

金大玮到公司不久，他专业的军事素质就显现出来，逐渐赢得了公司领导的重视，很快他就被任命为教练员，专门从事入职保安员的教育培训工作。

22岁的“80后”教练员。保安公司有多少个“80后”，他们不服呀！可不服的又岂止是他们，还有更不甘心的“70后”“60后”呢！

“一个毛孩子，能教啥？”

“看他拿什么服人？”

“看他怎么被轰下课堂！”

一时间引来了七嘴八舌的议论，以及冷嘲热讽的目光。

在一次消防实操课上，一位武警消防部队退役的老保安员冷眼观看，静等金大玮出丑。不曾想年纪轻轻的金大玮手脚敏捷，身轻如燕，以最快的速度将两盘消防水带与三通、枪头准确地连接上，博得了在场学员的阵阵掌声！这让这位老兵不得不心生佩服，投来赞赏的目光。

2005 年 7 月，公司集中组织基层骨干培训，各基层单位都挑选了最优秀的骨干参加，大多数都是部队退伍的老兵。面对这些业务技能过硬的老兵，金大玮倍感压力。在前两天的管理培训过程中，总免不了一些不服气的老兵消极怠慢，甚至抵制参加训练。第三天，金大玮的机会终于来了。那天上午的培训内容是擒拿格斗，早饭后，操课的哨音准时吹响。

“立正，向右看齐，向前看，稍息……”

“今天上午的训练科目，擒拿格斗的基础动作——倒功。”队伍里一片躁动。

“报告教练，我们训练的草地都不平，地面硬，容易受伤。”

“报告教练，没有给我们配发防护用具呀。”

……

“你们在执勤中面对歹徒时，他会给你机会选择搏斗的场地吗？”金大玮特意提高嗓门压制住队列里的杂音。

"砰！"的一声，篮球场的地面上腾起一片灰尘。透过夏季炎热的阳光，一个完美的前倒动作呈现在队伍面前，随之而来的就是印在硬生生水泥地上的两只前肘着地时的汗迹。

现场突然安静下来，接着就是热烈的掌声……

类似这种无声训诫和训前要求在他的训练场上非常奏效。

金大玮过硬的功夫赢得了认可，4 年的工商企业管理系统知识更加丰富了他的"内功"。在教练岗位上仅大半年的时间，他就被正式任命为保安培训部理论教员。

用心钻研业务，锻造行业专家

2007 年 4 月，由公安部、劳动和社会保障部、全国总工会、共青团中央四部委联合组织开展的首届全国保安员职业技能竞赛活动正式启动。

金大玮凭借在保安教育培训方面积累的工作经验，被北京市保安服务总公司领导点名借调到北京市保安服务总公司培训中心，任选拔赛的总教官，负责总公司下属各分公司挑选出来的近 500 名技能人才的集中培训工作。

"当兵不习武，不如去养猪；武艺练不精，不算合格兵。"金大玮牢记从军时的这句座右铭。在培训期间，他充分发挥了军人顽强拼搏的精神。不仅自

己参加学习各项业务技能培训，还要带头示教、亲身演示，既当运动员又当教练员，时时刻刻都身先士卒做表率。当所有学员都进入梦乡的时候，他又要以教员的身份复习备课，着手安排第二天的培训计划。

功夫不负有心人，金大玮在北京市级竞选考试中，从800名候选人中脱颖而出，以技防专业第一名的成绩成功入围。进入复赛后，金大玮更是发挥了不服输的劲头，一路过五关斩六将，经层级选拔、逐级淘汰，最终入围全国决赛，有机会代表首都保安与来自全国各地的、从近300万名保安员中挑选出的优秀代表，同场竞技，一决高低。

2007年11月27日，在四川成都，伴随着开幕式的枪声，历时半年，经地区初赛、省级复赛层层选拔出来的372名优秀参赛选手展开角逐，收获的日子终于到来。金大玮作为首都保安的优秀代表，平时的训练让他信心满满，但面对未知的300多名精兵强将，也让他倍感压力。

11月28日早晨9点。

“金大玮，请入场，请进入考位……计时开始……”安全技术防范专业实操考官发出了第一个竞赛命令。

硕大的模拟操作台前异常肃静，数十位考官手持打分表，紧盯着他的一举一动。

“第一道题：5分钟前，2号监控区域发生凶杀现场，请找到现场视频，确定行凶人员，并锁定其面部特征进行截图。”

“……报告考官，操作完毕！经还原现场视频，确定行凶人员为一人，并成功截取其最有价值的面部特征图像。”

“第二道题：中控室消防系统发现火灾报警，请按程序正确处置。”

“……报告考官，操作完毕！”

在安全技术防范专业的实操考场上，他沉着冷静，动作娴熟，所有操作如亲临事件现场，游刃有余地机智应对！

在理论考试现场，他运笔自如，胸有成竹，应答如流。

在擒拿格斗比赛现场，他像一头正在厮杀猎物的雄狮，把对手当敌人，一招制敌。

在体能赛场上，他竟然突破了俯卧撑竞赛项目的定分标准上限，一分钟内做了 112 个俯卧撑，以绝对优势拿到了此项目的满分。

还有接下来的消防技能、急救技能等，他都拼尽全力，争取把最好的功夫展现在竞赛场上。

“台上一分钟，台下十年功”，4 天的比赛中，金大玮凭借良好的身体素质和过硬的业务技能，最终获得了安全技术防范专业的亚军。因成绩突出，他被劳动和社会保障部直接授予“高级保安员”职业职称，并荣获“全国技术能手”荣誉称号。

竞赛成绩出来后，兴奋无比的金大玮，第一时间拨通了家里的电话。

“喂！你今天怎么有时间打电话了！”

“妈，是你呀！告诉你一个好消息，我这回在全国大比武中获得了亚军。”

“啊？又去跟人家比武了，还什么亚军？孩子呀！在外面打工要多听领导的话，多团结身边的同事，别天天跟人打架，惹是生非……”没等金大玮汇报完，母亲就开始给他“上课”了。

“嗯、嗯、嗯……知道啦！”金大玮诚恳地接受着母亲的“教诲”。但他的内心感到无比欣慰，因为他用事实证明了作为“守护平安”的使者应当具备的实力。历经大赛的磨炼后，金大玮的业务技能和个人综合能力大大提升，很多同行都向他抛来了邀请意向，但都被他婉言谢绝。

随着经济突飞猛进的发展，务工人员结构也发生了改变，“80 后”“90 后”的独生子女，吃苦耐劳能力差，社会经验也较少。针对这些特点，金大玮调整了培训内容，从法制类报纸杂志、安保类媒体网站等找来大量案例、图片等资料，编成保安勤务、礼仪、消防常识、法律等约 25 万字的教案，并制作成多媒体教学片，形成生动易懂的保安教科书，在入职保安员教育培训中取得了良好的效果。

在金大玮的课堂上，谈论、讲授、演示、现场提问……将纸上谈兵变成活教材，因材施教、灵活多样。除了提问、讲授、演示，他还列举近期行业内发生的各种案例，进行讨论分析，使本来枯燥的课堂变成了你争我抢的交流辩论会。在轻松的环境下，学员们不知不觉学到了当一个保安员应当具备的基础业务知识。他通过不断改进教学方法，始终让保安教育培训工作紧跟社会发展和行业变革步伐。

在培训中严格要求方面，金大玮从来不打折扣。但在队伍管理上，他也有人性化的一面。学员生病了，他送医送药，嘘寒问暖；学员有困难了，他主动谈心帮助；有的学员初次离开父母，想家了，他主动跟学员家人取得联系，问候平安，讲明情况，协助学员家人共同做好他们的思想工作，让学员在培训期间既能安心学到应知应会的保安基础业务知识，又能让学员平稳完成从社会人员到合格保安员的蜕变。

金大玮从事保安工作多年，先后参加了北京校园保安培训教材编写研讨工作、北京市大型群众性活动安保培训课程研讨编辑工作、国家保安员证考试试卷编写工作、保安员国家职业资格培训教材的研讨编写工作和各项保安学术研讨工作。

据统计，金大玮在担任教员期间，共培训岗前保安员 12000 余人次，轮训在岗保安员 8000 余人次，组织开展各类骨干专业培训班 1000 余人次。在他培训的保安员中，有的已成为保安队伍的中坚力量。

通过这些年的教学与实战，金大玮越发认定了“保安”不仅是个职业，而且是社会上不可或缺的一个行业，更是自己一生可以大有作为的事业！

实战中自我检验，总结中不断成长

2008 年 8 月，第 29 届夏季奥林匹克运动会在北京召开，金大玮所在的海淀分公司承接了海淀区部分场馆的保安任务。在面临前所未有的安保压力之时，他首先想到的是磨炼提高自己的机会到了！

“我要去奥运场馆带队伍。”金大玮主动向海淀分公司的领导请战。

“你行吗？这可是国际性体育盛会，一旦出现任何问题，这丢的将是咱中国人的脸……”领导质疑了很多。

"我知道奥运安保工作责任重大，您就放心吧，我早有准备，您就看我的表现吧！"

金大玮带领公司选配的50名保安员、300名山东山科职业学院奥运会大学生志愿者，就这样接任了意大利奥运之家的安保工作。面对这些没有安保和服务经验的学生，他蒙了，这真的在他预料之外。

"能怎么办？男子汉大丈夫，一言既出驷马难追！"

"从培训抓起，让这些'学生兵'在最短的时间内成为一名合格的奥运安保志愿者。"

制度落实、常识教育、技能训练、安全管理，一点一滴他都按照基层保安班队建制标准严格要求，在岗位上边工作、边培训。通过这种特殊的方式，他在最短的时间内培养出了一批合格的奥运安保志愿者，至今他都认为那是个奇迹。安保任务结束后，时任意大利之家外方官员的安东尼奥先生，特意用英文为驻意大利之家保安队写了一封表扬信，表扬和肯定安保团队在奥运期间的表现，意大利奥运之家也因此荣获了北京市公安局授予的"奥运安保"集体一等功的荣誉。

同年9月，借鉴意大利之家安保工作的成功经验，残奥会公司又安排金大玮带领140名大学生志愿者，接任韩国之家安保工作。这次任务，他更加得心应手。按照金大玮自己的话说，"上次意大利之家安保工作的重点是学习提高，这次韩国之家安保工作的关键是搞好总结"。

一分耕耘，一分收获。从"优秀教育工作者""全国技术能手""首都优秀保安员""首都劳动奖章""北京市经济技术创新标兵"到"全国青年岗位能手"，金大玮身上的各种荣誉就是见证。

2015年，经北京市人力资源和社会保障局农民工工作联席会议办公室讨论通过，报国务院农民工工作领导小组批准后，金大玮荣获"全国优秀农民工"的光荣称号。

一勤天下无难事，劳动托起中国梦，劳动成就梦想。按照北京市相关政策规定，结合本人意愿，金大玮将户口从老家迁往了北京，成为首都市民中的一员。

追逐梦想，献身保安培训事业

“金大玮，您如今取得了这么大的成绩，家人一定以你为豪吧？”

“自豪肯定是有，但我觉得我对家人的愧疚更多……”

“为什么？”

2005 年 11 月的一天，金大玮正迎着初冬的北风，为他的事业日夜忙碌的时候，突然接到父亲的电话，说最疼他的外公去世了……

电话那头带着哽咽的声音还没说完，这头的金大玮早已是泪如泉涌了……外公，这个在金大玮的童年里，最依赖、最崇拜、最舍不得的亲人……

走了……永远地走了……

“回去见见外公！回去见见疼我爱我的外公！去见今生最后一面……”

可他面对训练场上一排排学员，面对课堂上认真听讲的一张张脸，他又能怎样？又该怎样……

“爸……”他忍着悲伤向父亲说明了自己的理由，又含着眼泪跟母亲说出

了自己不能回去的原因。

"忠孝"不能两全的滋味，像难以抵挡的海浪席卷了他热血沸腾的胸膛……

2013年，由于海淀分公司培训部办公地被原单位收回，公司取消了下设的培训部门。金大玮内心很纠结，但他更清楚，只有保安培训事业才是保安服务行业发展的动力。正是由于热爱保安培训工作，他毅然从国有企业辞职，受邀来到一家民营保安企业——保全世纪（北京）保安服务有限公司。在董事长孙风雨的大力支持下，公司专门成立了北京保全世纪保安职业技能培训学校，任命金大玮为校长，同时兼任公司人力资源部总监，以便安排整个公司的培训任务。

没有教室、没有器材、没有教师，培训学校似一张白纸，一切都要从零开始。金大玮挑起了这个重担。从学校筹备、组建到教室的装修、布置，从选器材、配设备、聘教师等方方面面，金大玮都是一个人亲自盯着，即使生病了，他也是强忍着、坚持着。

2014年3月17日傍晚，在家看孙子的母亲突然接到好心人打来的电话。"喂，阿姨您好！金大玮是你儿子吗？他现在晕倒在车上了，你赶快过来吧！"母亲接到电话，心急如焚，家里门都忘记锁了，带着3岁的孙子急忙打车赶到现场，在好心人及司机的帮助下，将金大玮送到医院检查，并及时做了手术。

"您在保安行业这么多年，而且取得了令人瞩目的成绩，您的收入一定很不错吧？"我提出比较世俗的问题。

听到这个问题，金大玮笑了。

"收入还可以。保安工作让我找到了自己的目标和方向。为了让年迈体弱的父母回到我身边，前不久我在北京大兴买了房子。"

"是真的？"

"当然。"

"收入不错嘛！"

"贷款买的！我的收入可不够全款。"金大玮有些不好意思地笑了。

“可我听说，2008 年有个大老板开出年薪 50 万元的条件，要您去他那里做贴身保镖，您连考虑都没考虑就拒绝了？”

“是，有这么一回事。”

“您为什么没去呢？”

“我不会去，因为那份工作不适合我！它不能实现我的理想，不能让我拥有自己热爱的事业！”

这就是顶着世俗的目光，经过一步步摔打而磨炼出来的金大玮！这就是爱岗敬业舍小家为大家，把一个普通职业当作一生事业追求的金大玮！这就是敢于追逐梦想，年轻且又充满智慧的金大玮！

作者：侯淑玉

文三峰 中京（北京）保安服务有限公司。2016年获“北京市五一劳动奖章”，2016年“第四届全国优秀保安员”。

中京保安
保
安

带头大哥

2016年7月19日，北京市气象台发布暴雨蓝色预警信号，20日提升为橙色。这是北京市自2012年7月21日经受60多年一遇的特大暴雨后，时隔4年迎来的又一次大到暴雨。此次强降雨从7月19日1时至21日8时，持续近56个小时，全市平均降雨量212.6mm，城区274mm。

位于朝阳区东南的垡头东里，属于典型的城乡接合部，区域内有已停产

的老军工企业六零三厂、有国营企业北京糖业烟酒公司仓储区，有20世纪七八十年代建成的职工宿舍区以及部分民宅。该地区建筑物相对密集，地势低洼不平，市政基础设施简陋，尤其是排水设施，基本是浅沟明排，或是局部铺设简易管道。

被称作“朝阳棚户区”的垡头东里陶庄一号院平房区，便坐落于此，它是垡头地区历年防汛的重点区域。该平房区有居民60余户、300余人，不仅位置偏僻、地势低洼、通道狭窄，而且房屋低矮老旧，危房及坏损房屋多处。与平房区一路之隔，便是流经垡头地区的萧太后河大柳渠河段。该段河道弯曲狭窄，河堤顶部高于一路之隔的陶庄一号院平房区地面，一旦河水上涨越过河堤，情况可想而知。

时至7月20日下午2点，大到暴雨已持续下了十几个小时，地面土壤水分早已饱和。萧太后河是北京市南部城区及朝阳区南部地区主要的泄洪河道，而此时河水迅速上涨，流至大柳渠河段，已越过河堤，向一路之隔的陶庄一号院平房区及周边区域灌入。情况十分紧急，险情就是号令。中京保安服务（北京）有限公司驻垡头办事处保安队队长文三峰，接到办事处防汛指挥部的通知，要求他带领全体保安员立刻赶往垡头东里陶庄一号院抢险救灾。

接到任务后，文队长迅速集合全体保安员，简短地做了动员和部署。他说：“养兵千日，用兵一时，我们是垡头地区的保安员，保障垡头地区的平安是我们义不容辞的职责，大雨无情保安有情。我们前往的目标是陶庄一号院，出发！”随着文队长坚定有力的一声令下，60多名20岁上下的保安员，在他的带领下，统一穿着短裤、跨栏背心和拖鞋（行进时多为赤脚），冒雨徒步疾行约3.5公里，直奔陶庄一号院。队里仅有的几件雨衣、几把雨伞根本不够用，有的年轻保安员说：“队长，你撑一把伞吧，别淋坏了身体，怎么说你也是40出头的人了。”文队长推开保安员递过来的雨伞，说：“我是保安队长，队员不穿雨衣、不打雨伞，队员能行，我也能行，否则，我还能带好队伍吗？”

文队长带领全体保安员赶至现场时，暴雨加之萧太后河大柳渠河段河水上涨外溢，陶庄一号院已被雨水浸泡，积水深至膝盖以上，部分居民房屋内已进水，而萧太后河水位还在持续上涨，陶庄一号院的积水随之也在不断升高，有些危房、老旧围墙被积水浸泡，时间一久，极有可能出现坍塌；陈旧老化的电源线，被雨水浇湿，已有个别线路出现短路，造成断电、漏电现象，居民的房屋、物品乃至生命正面临着巨大危险。

与此同时，早已被暴雨浇得浑身透湿的文队长，不顾电闪雷鸣、大雨如注，正迅速带领着几名骨干保安员，展开现场排查、分析险情险况，随后果断作出抗洪抢险实施方案即分组行动方案：一组挨家挨户仔细排查险情，一组维护现场秩序及周边道路交通畅通，一组架设安装抽水泵以排除院内积水，一组装沙袋，其余人员则负责搬运沙袋至萧太后河大柳渠河段河堤上，筑起一道坚固的挡水墙。由于地势低洼，道路狭窄，此前储备的防汛沙石料与河堤尚有几十米的距离，保安队在文队长的带领下，扛起百八十斤重的沙袋，身上、脸上流淌的早已分不清是汗水还是雨水，浑浊而又苦涩。他们在泥泞坑洼、看不见路面、积水深至膝盖以上的洪水里来回奔走，阻力之大、难度之大可想而知。

有保安员滑倒在浑浊的洪水中，他们爬起来继续前行；有保安员的双脚、双腿被杂物磨破划伤，他们忍着疼痛，仍坚持搬运沙袋；有保安员肩膀上的皮肤被粗糙的沙袋磨红磨破磨出鲜血，他们咬紧牙关，一声不吭。事后，当受灾的居民关切地询问他们累不累、疼不疼时，他们说："看到年龄比我们大十多岁甚至二十岁的文队长，带头肩扛沙袋，在风雨中奋力前行的身影，再累再疼我们也能克服，文队长能坚持前行，我们没理由后退啊。"保安员的话朴实、生动，没有丝毫粉饰、夸张。关键时刻，文队长用行动为保安员树立了榜样，他顶风冒雨在洪水中前行的身影，深深地打动了保安员的心，他的身影已清晰地印在了每个保安员的脑海里。榜样的力量是无穷的，这无声的身影，远远胜过许许多多慷慨激昂的说教；这前行的脚步，远远胜过许许多多物质的奖励。

此次抗洪抢险，从当天下午 2 点到次日凌晨，经过 13 个多小时的冒雨连续奋战，文队长和他的队员们，望着他们用一层层沙袋筑起的长长的一道挡水墙牢固地矗立在河堤上，居民院内的积水被排出，险情得以控制，居民的生命财产得到保障，他们心里踏实了许多。但此时，大雨还在下，险情还会随时发生，他们仍要继续坚守在垡头东里、坚守在陶庄一号院。这时，受灾的居民们心里期盼的、嘴里念叨的都是："雨快停吧，天快晴吧，让文队长和他的队员们好好休息一会儿吧。"

7月21日早晨，雨势终于渐渐减弱了，至上午8点多，连续56个小时的降雨终于停止了。随后，市气象台解除了预警信号。直至此时，文队长和他的队员们才算真正松了一口气，他们席地而坐，赤裸的双脚已被洪水泡得苍白，毫无血色。他们这才意识到身体极度疲乏，喉咙干涩，困得睁不开眼，肚子饿得咕咕叫。20多个小时，他们一步也没有离开抢险救灾的现场，没吃一口饭，没喝一口水，没闭一会儿眼，但他们没有一句怨言，脸上挂满了自豪的微笑。

当办事处的领导和同事们，垡头东里的居民们，看到这一幕时，内心都被深深地打动了。居民孙大姐拉住文队长的手不放，激动得眼里噙满泪水，

连声说道:"谢谢，谢谢！你们辛苦了，辛苦了！"办事处的领导握住文队长的手，同样激动地说:"哪里艰苦，哪里有危险，哪里就有你的身影，你不愧是保安员的带头大哥，有你这样的保安队长，有你们这样的保安员，居民一百个放心。"大家异口同声的赞扬，深深地打动了文队长的心，尽管这不是他第一次听到类似的表扬，但他此刻依然明显地感觉到，在晨风的吹拂下，刚才还在不停地颤抖的湿淋淋的身体，这会儿，却一下子变得热乎乎的了，精神也为之一振。

这时，已有居民主动在屋外支起餐桌，摆上自家做的饭菜，请保安员吃，也有居民买来矿泉水、面包塞进保安员手里，感激之情溢于言表。看到这一切，文队长眼圈红了，他说:"老百姓对我们保安工作的支持与认可，是一种巨大的精神力量，激励着我们勇敢前行，我们一定不辱使命。"

1975 年 10 月，文三峰出生于陕西省旬邑县太村镇文家村。这个淳朴憨厚的农民家的儿子于 1992 年来到北京，打过零工，当过厨师。2005 年春，开始当保安员。2009 年 11 月至今，作为中京保安服务（北京）有限公司驻垡头办事处保安队队长，他在垡头一干就是 7 年。2500 多个日日夜夜，文三峰工作在垡头、吃住在垡头，他说，保安队的宿舍就是他的家，垡头就是他的第二故乡。

在北京当保安十余年，尤其是在垡头当保安队长的 7 年间，文三峰始终热爱首都北京，热爱垡头，热爱本职工作。他严格遵纪守法，责任心强，工作勤奋，勇于拼搏，努力钻研业务技能，乐于无私奉献，吃苦耐劳，团结带领保安队全体保安员，出色地完成了垡头街道城市综合治理、抗洪抢险、节假日及日常的各项安全保障工作，用完美的工作业绩和平时高标准的言行举止，很好地维护了首都保安队伍的良好形象，塑造了首都保安员的光荣风采。以下这组数字，便是极好的诠释:

学习培训方面，每年组织全队 90 余名保安员培训专业知识技能，并结合工作实际进行考核，累计达 340 余次，考核合格率达 95% 以上。

辅警维稳方面，协助辖区派出所调处矛盾纠纷 158 起，提供刑事案件破案线索85条，带领保安队协助公安机关查获违法犯罪嫌疑人236名，整治非法运营黑摩的700多辆。

服务为民方面，共帮扶社区孤寡老人和受困群众232人次，做好人好事586件，多次为灾区捐款。

加班加点方面，每个节假放弃休息、义务加班，累计义务加班加点870个小时。

应急处理方面，每次抢险救灾都冲在最前线，数十次投身消防灭火战斗，共挽回经济损失500余万元。

无私奉献方面，连续7年春节期间坚守工作岗位，没回老家陪父母、妻子、儿女过一个团圆年。

……

其实，这些数字也只是从某些侧面展示了文三峰在保安工作、学习和生活中的风采。许多更加细微、更加具体、更加精彩、更能反映他的精神风貌、内心世界的故事、情节，因篇幅所限，在此不能一一展现。比如，7年间，他多少次在灯下、在路旁、在食堂的餐桌边、在保安员的床头前，和多少年轻的、初次远离家乡及亲人的保安员面对面，亲如兄弟般地促膝谈心、拉家常，说掏心窝子的话，帮他们克服遇到的困难，排解心中的苦闷与困惑；比如，他自掏腰包，多少次为生病的保安员买来治疗感冒、胃痛、腹泻、头痛的药品；比如，逢年过节，他给多少家庭生活困难、父母患病的保安员家里打去电话，嘘寒问暖；比如……类似这样的比如，还可以列举出许许多多。

正因为有了这样一位爱岗敬业、甘于吃苦、乐于奉献、处处以身作则、起模范带头作用，被大家称为“带头大哥”的保安队长文三峰，才有了驻勤垡头办事处这样一支整体素质高、完成任务好、能打硬仗的优秀保安队伍。

正因为“带头大哥”文三峰多年来始终如一、不忘初心，在平凡的保安工作中作出了不平凡的业绩，才会享有如下众多荣誉：

2012年7月荣获“感动垡头十佳人物”；

2012年至2015年连续4年荣获“垡头街道十佳文明协管员”；

2016 年 5 月荣获“首都劳动奖章”；

……

文三峰所在的保安队办公室，整整一面白墙上挂满了社区居委会、社区居民送来的锦旗，锦旗上醒目的烫金大字写道：“规范治理风气正，环境秩序守护神”“为百姓不惧艰险，扑烈火奋勇争先”“为居民排忧解难，做人民满意卫士”……这些出自百姓之口，真挚、淳朴而又生动的溢美之词，很好地诠释了文三峰及由他带领的驻勤垡头地区首都保安员的优秀品质。办公室的另一侧是长长的展示柜，上面摆满了保安队近年来荣获的各种奖状、奖牌、荣誉证书。保安队的办公室俨然就是一个荣誉室，而荣誉来自文三峰和他带领的保安队员长年驻守垡头，为保一方平安所付出的艰辛、汗水甚至鲜血。

是什么力量支撑着文三峰这个远离家乡，上有老、下有小，家庭生活并不富裕的陕西农民，来到北京，来到垡头，在平凡的保安工作岗位上一干就是 11 年，不畏艰难困苦，不怕流血流汗，创造出了如此不俗的工作业绩，为首都北京的建设、发展，为首都人民生活的平安和谐，甘愿奉献自己的青春年华呢？

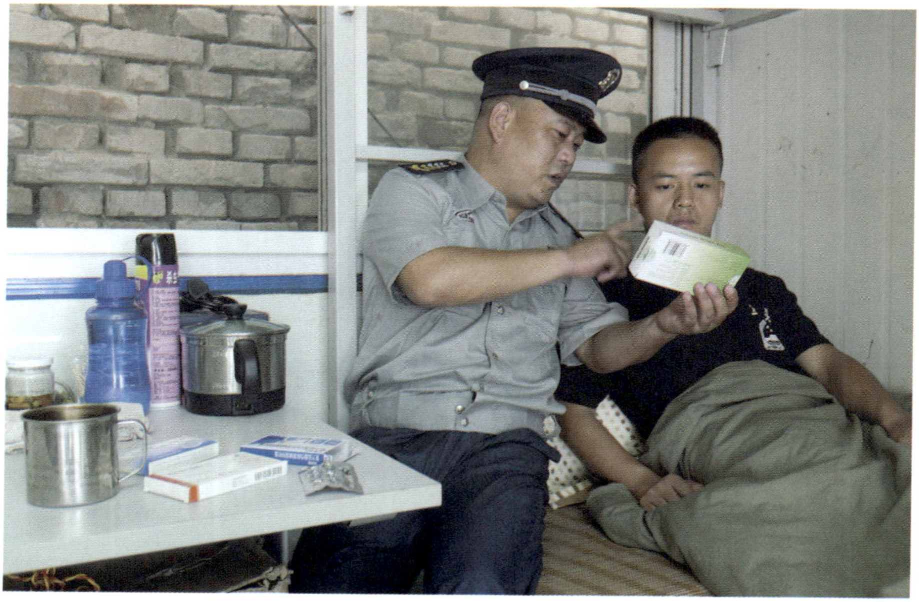

文三峰来北京当保安时，父母亲均已年近六旬，身体多病，家中三兄弟，他最小，是父母最疼爱的儿子。2008 年 8 月，是文三峰来北京当保安的第 3 年，也是北京第 29 届夏季奥林匹克运动会的安保工作时间。他就职的保安公司位于朝阳区，正是奥运会主会场奥林匹克体育中心的所在地，安保任务的重要性和艰巨性可想而知。偏偏在这个时候，他接到父亲的电话，父亲的声音沙哑低沉："你娘病重呢，你尽快回来吧……" 此时，他仿佛看到了父亲一脸忧伤、无奈、焦急的神态，他仿佛听到了躺在土炕上、被疾病折磨的母亲正发出痛苦的呻吟，他仿佛感觉到母亲正在用微弱的声音呼喊着远在北京、却一年多没见面的小儿子的名字。他强忍泪水，一面安慰父亲，一面向父亲解释奥运会安保工作的重要性，最后他对父亲说："告诉我娘，让她老人家挺住，奥运会闭幕后，儿子一定回去看她。" 7 天后，奥运会圆满闭幕，文三峰这才向领导请假，领导问他为什么不早说，他答道："少一名保安员，奥运会就少一份安全，为北京奥运会多做贡献，我心甘情愿。"

文三峰赶回老家时，母亲已在土炕上躺了近 20 天，他望着母亲衰老的面容和痛苦的表情，一时不知说什么好，泪水不停地在眼眶里打转。好在这次病重的母亲经过与病魔一个多月的抗争，挺了过来。文三峰这次在家只住了 3 天，便返回工作岗位。然而，就在他回到北京 3 个多月后，父亲再次打来电话，告知他母亲病危，当他心急火燎地赶到家时，母亲已神志不清，深度昏迷，随时都可能离开人世，生命之所以还在延续，也许就是在等待她的小儿子，她太想看他一眼了。当文三峰终于来到她的身旁时，她却再也睁不开眼睛了。尽管文三峰俯身抱住她的头，把嘴贴到她的耳旁，大声地呼喊着："娘、娘啊，我回来了，您看看我啊！" 她都没能睁开双眼。

文三峰相信母亲一定能听到他的呼唤。他突然感觉到，母亲那只被他握在手中的粗糙干瘦的手，一个手指在他的掌心中轻轻地、一下一下地弹动着。他低头一看，果然是母亲的食指在他的掌心处一跳一跳、轻轻地弹动着，眼里的泪水瞬间夺眶而出："娘听到我的喊声了，娘一定听到我的喊声了，娘知道我回到她的身边了。" 文三峰情不自禁地喊出了声。但很快，母亲的手指在他的手中慢慢地静止下来，一动也不动了。

母亲走了，牵着他的手走了。像童年夕阳西下时，他站在村道上等着从田间劳作而归的母亲，牵着他的手一同回家；像少年时，母亲牵着他的手，踩着泥泞的路，冒雨送他去学校；像青年时，他告别故乡、告别父母，去北京当保安的那一天清晨，头发花白的母亲说什么也要送他到村口，说什么也要牵着他的手。母亲就这样静静地走了，他最终也没有听到母亲对他说一句话，没有见到母亲再睁开双眼看他一眼，那一刻，这个身材魁梧、不轻易落泪的西北汉子忍不住失声痛哭，为逝去的母亲，为自己不能在母亲的病床前尽孝……

处理完母亲的后事，文三峰一天都没有耽搁，直接返回北京，继续投身到保安工作中。临行前，父亲对他说："儿啊，你很少回家，你娘想你，却从来没怨过你，她逢人就讲，我家三峰，在北京当保安，她心里美着呢。"

去年，文三峰上初二的大女儿暑假第一次来到北京，她想看父亲，想看北京，还想看——清华大学。走进父亲居住的保安宿舍，她惊讶地说："爸爸，你们家好大啊，这么多房间，这么多张床……"听到女儿的话，文三峰心里咯噔一下，眼圈顿时红了。回家的时间太少了，陪伴女儿的日子太短了，以至于女儿已经习惯了他在家庭中的缺失，顺理成章地将他居住的地方当成他的家。这能怪女儿吗？他望着似乎突然长大了的女儿，一时竟不知说什么，内心愧疚难安。

大女儿说："我娘让我告诉您，家里的新房等到秋天就可以搬过去住了，以后阴天下雨再也不会用锅啊盆啊接雨了。"文三峰望着大女儿脸上露出的欢快的笑容，脑海里一下子就浮现出留守在家乡的妻子的笑脸，这母女俩长得太像了，但他此时一点儿也笑不出来。老家的房子直到去年才建完，此前那么多年，低矮老旧的土坯房逢雨便漏，他一直没时间、没能力回去修缮。每到雨季，他在北京抗洪抢险，为居民家漏雨的房屋盖苫遮挡，自己的家里却是满地锅碗瓢盆，屋顶漏的像筛子。而妻子从来没有为此埋怨过他，反而一再叮嘱他："注意安全，干好工作，不要惦记家里。"

大女儿在北京住了5天，文三峰只陪她去了一趟天安门。女儿去清华大学校园参观回来后，悄悄对他说：“爸，我将来要上清华。”这回，他终于笑了，为女儿的懂事、有理想、有抱负而发自内心地笑了。今年暑假，他接到大女儿的电话，报告了她考上县重点高中的好消息。

对文三峰而言，来自各级领导、同事、社区居民，以及父母、妻子、儿女、朋友对他和保安队的关怀、理解、支持与鼓励，便是他十几年如一日带领保安队坚守在首都保安工作第一线的动力。

不了解文三峰的人，看到他身材魁梧，嗓音洪亮，做事爽快，整日带领一群20岁上下的小伙子，在社区、街道巡视检查，值班站岗，摸爬滚打，都以为他只是个“粗人”。其实不然，他不仅是一名带兵的“武将”，还是一位爱说爱笑、爱唱歌、爱上网、爱听音乐，不乏文艺细胞的“儒将”。他业余时间最喜欢做的一件事就是练习书法，在他的宿舍一角，摆放着一张桌、一把椅，一摞废旧报纸，一个砚台、几支毛笔，只要有空，他都会拿起笔写上几行字。他说：“练习书法，使我学到了许多新的知识，结识了许多有修养、有文化、有追求的朋友，陶冶情操、受益匪浅。”他还说：“新时期保安员的自身素质需要不断提升，靠什么，就是靠主动学习，培养良好的兴趣爱好。”他经常写这样两行字：献一份爱心，保一方平安。看得出，他的字已有些功底。

十多年来，文三峰正是用自己的一份爱心，矢志不渝地坚守在北京保安工作第一线，日日夜夜守护着首都北京的平安，用实际行动彰显了首都保安员的优秀品格，无愧于“带头大哥”的称号。

作者：林万华

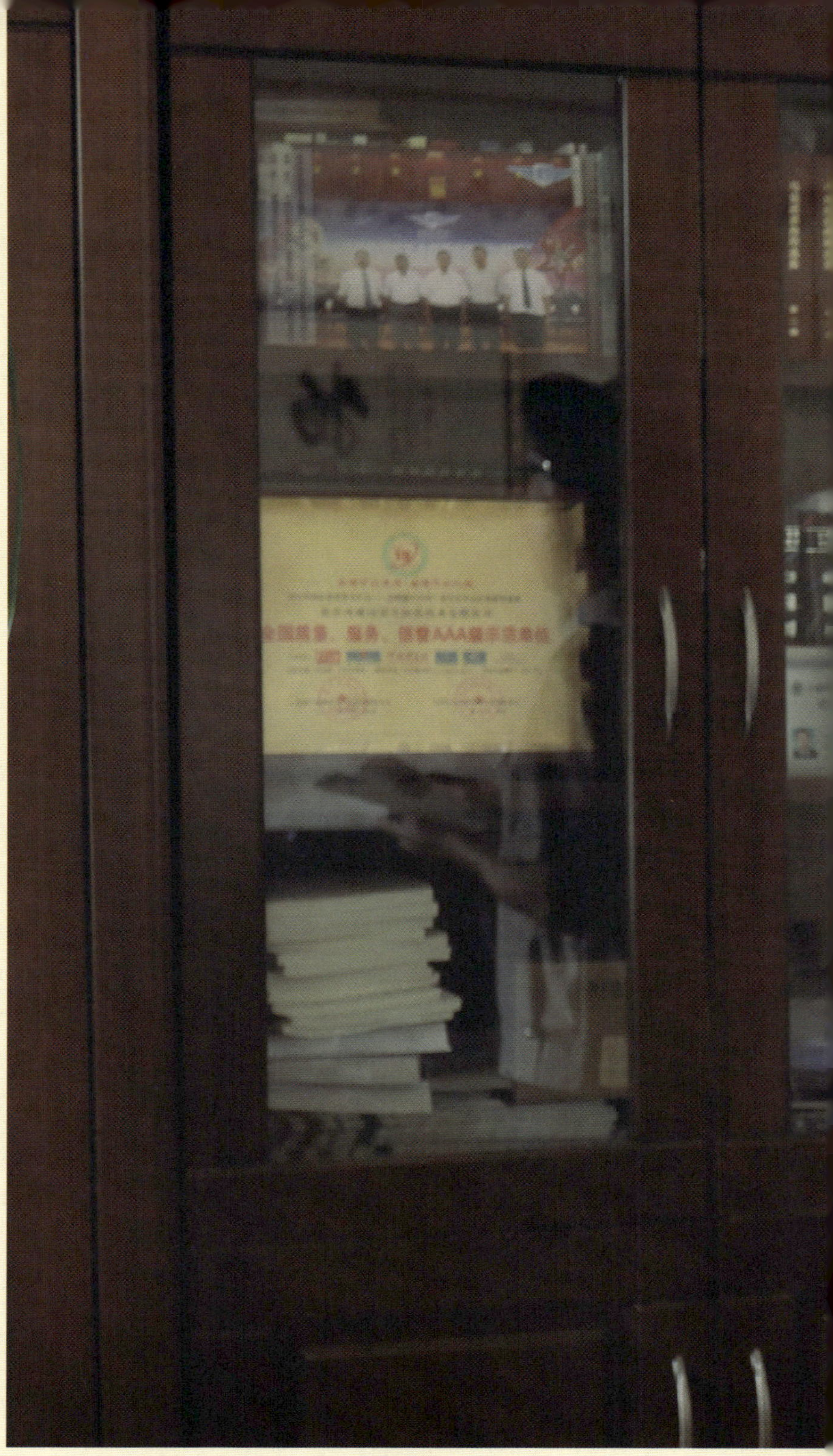

李长平 戎威远保安服务（北京）有限公司。2016年获“全国五一劳动奖章”，2016年“第四届全国优秀保安员”。

戎威远保安
戎威远
SECURITY

刀尖上的舞者

保安，古罗马称之为佩纳特斯神，中国古代称之为近身侍卫，人们熟悉的相近概念还有近现代的镖局、保镖等。20 世纪 80 年代初，保安这一特殊行业伴随中国改革开放而来，从广东深圳诞生第一位保安员开始，中国保安走进我们的生活：门卫、守护、巡逻、安全检查、安全技术防范、随身护卫等，他们的身影活跃在城镇的细胞里。与封建护卫不同，新中国保安员的政治素质、业务技能要求高，而保安服务的性质决定了保安是一个从事危险工作，却能展示人生、人性中最美好的“技艺”与品质的职业，他们是刀尖上的舞者。

就是这样一位舞者，坐在我的对面，平静中带着几分腼腆。我的采访笔记上写着：李长平，男，48 岁，中共党员，2011 年到戎威远保安服务（北京）有限公司任保安员；2016 年 4 月被北京市总工会授予“首都五一劳动奖章”，同月被全国总工会授予“全国五一劳动奖章”。

我叫李长平，我来做一名保安员

2011 年的春天，李长平推开戎威远保安服务（北京）有限公司的大门，迎面吹来一股温暖的风，仿佛熟悉的环境，似曾相识的战友，当过兵的人都有一种心灵间的默契感应，这里充满阳光，太好了。

“我叫李长平，我来应聘做北京保安！”李长平递上自己的应聘材料。

这一年对李长平来说，是沐浴在春光里灿烂的一年，他找到了家。戎威远保安公司就是这个家，在这里他有一种延续当兵生活、重回部队的感觉。戎威远保安公司与之前他干过的保安公司不同，这里 80% 以上的骨干是退转军人，一水儿的军事化管理，大家有共同语言和共同追求。

朝阳里，李长平身着崭新的保安制服、雪白的手套，敬着标准的军礼，兴奋地接过战友的班，英姿勃勃地正步迈上保安执勤岗位。他从一名普通的保安员做起，处处勤奋不怕吃苦，干活积极勤动脑子。没多久，公司领导就看出这是个好苗子，给了他第一个“领导”职务——公司驻中汽雷日汽车有限公司项目部保安班长。

项目部一共有 15 名保安员归他指挥，官不大，但是管事不少，每天不仅要带着班里的队员保证进出车辆有序通行，还要用保安形象提升公司整体服务口碑。他是个热心人，对手底下的弟兄工作上严格要求，生活上关心备至，项目部的工作做得有声有色。

班里有个老同志姓卢，一人在北京做保安员，工作中总是骂骂咧咧，闹得跟其他保安员关系不好，每天下班后，总是一人喝闷酒。李长平来戎威远保安公司之前，在北京其他保安公司做过保安，他深知保安工作的性质和保安管理的要求，而做一名让北京人认可的保安是李长平内心深处的追求。如今班里的同志这个样子，甭说自己不喜欢，客户也会反感，甚至可能影响首都保安的整体形象。李长平没有直接向公司汇报，那样会让老卢丢掉饭碗，而是用心贴近这个长了刺的保安员。

李长平发现，老卢人不坏，而且基础素质好，于是他决定找老卢谈心。安静的单身宿舍里，弥漫着一股汗味儿和酒味儿，老卢抬起布满血丝的眼，瞥一眼刚刚进屋的李长平，身子动也没动。不等老卢开口，李长平就和老卢并肩坐在床边，说："今天休息，兄弟们都出去了，听说老哥一个人，我来陪陪你。"

老卢并不给这个比自己年轻的班长面子，往里挪了挪屁股，爱搭不理。

"家里的三个孩子咋样？"李长平随手把乱堆在床上的衣物理顺叠好，看似不经意地说。

老卢的手抖了一下，眼里有了光，放下酒盅，"唉……"地叹了一口气。

孩子拉近了老卢和李长平的距离，老卢的话匣子打开了，心事全都倾吐出来。从此，李长平一有时间就找老卢唠家常，帮助他解决困难。人心换人心，哥俩儿熟了，李长平成了老卢的知心人。

原来，老卢家在农村，因为夫妻感情不和离了婚，他一个男人独自带着3个孩子。出来干保安是为了养家，可是发现保安工资低又不受人尊敬，他心情郁闷，只能借酒消愁。

“保安守护一方平安，保护人民和企业的财产安全，是多么有价值的一份事业。我们先要做好自己，提高咱们的形象，时间长了一定会得到更多人的认可。尤其咱们为买车顾客服务，得体的形象、良好的文明用语很重要，工作做好了，公司会有奖励，收入也一定会提高的。”

李长平的话说到了老卢心里，疙瘩解开了，老卢变了，成了业务骨干，脏话没有了，酒也很少喝，每天工作执勤格外认真，见到顾客先敬礼，然后微笑着说“您好”。由于他的年龄最大，在他的感召和影响下，班里的保安员们竞相比素质、比业务，整个保安队的面貌焕然一新，多次受到驻地汽车公司的表彰。很快，李长平因为表现优异，被调到北京联合大学总校项目部任保安队长。这次，他管理的保安员一下增加到60余人。他调走后，老卢接替了他的保安班长职务。

“学校对安全的要求更高，我的压力更大了。除了要维持校园的秩序，还要防范各种突发事件发生。在队伍的管理上，我们得付出更多的努力！”李长平感慨地说。

有人比喻“黑夜是歹人的隐身衣”，犯罪分子往往利用黑暗行不轨之事。因此，黑夜也正是李长平他们提高警惕、严防松懈的关键时间。

2014年11月，北京联合大学在建教学楼，施工的木料、钢筋、水泥堆成小山，而料场紧挨着学校的矮墙。为了防盗，李长平加强了每天晚上的值班保安，作为队长的他还亲自带头参加夜班执勤巡逻。

这天夜里，大约凌晨两点，巡逻中的李长平听到了“嚓嚓嚓”的响声。他心中一动：这夜深人静的时候，一定是有情况！李长平暗示队员们放轻脚步，自己一马当先悄悄循声而去。他发现墙头上有一个鬼鬼祟祟的黑影，墙角下有两个人在搬钢筋，这是贼人里应外合，正在往墙外扔钢筋。

“什么人？住手！你们在干什么？”

没等偷盗人反应过来，李长平已经飞一样带领保安员冲了上去，将三人就地抓住，移交公安机关。

2015 年 7 月的一天夜里，伏天的燥热烘干了万物，还刮起了大风。暗夜中，学校运动场旁边忽然蹿出几丛火苗，闪闪的红光格外刺眼。当时，李长平正带着保安们夜巡，他发现火苗旁边就是学校财务室，而且火势有蔓延的危险。李长平立刻用对讲机联系了保安应急中心，同时用最快速度取来了灭火器紧急灭火，并在应急中心出动的保安员的协助下，迅速将火苗扑灭。

对工作的尽职尽责，让李长平和他的保安队受到了学校领导的高度赞扬，戎威远保安公司的声望也得到提高。

现在的李长平已经是公司的项目经理，管理着大大小小 11 个单位，守护着首都的平安，这让他更增加了危机感、责任心和团体意识。现在的他仍然坚持在一线，定期组织保安员进行体能训练，培训保安员学习岗位规范，对保安工作中涌现出来的好人好事及时进行鼓励和表彰，发现保安员不足之处则严格管理、指导帮助，进行帮扶整改，因此他的保安队充满了浓郁的学习氛围和相互比拼的正能量。

几年来，李长平时刻把客户的利益放在第一位，牢记公司的服务宗旨“军人品质、行业典范”，他带领的几百名保安员尽职尽责，风雨无阻，深受客户的信赖。从事保安工作后，李长平向公安机关提供案件线索、协助破获案件 35 起，协助公安机关抓获犯罪嫌疑人 8 名，为群众做好人好事 35 件，2013 年至 2015 年连续 3 年被戎威远保安公司评为优秀保安员。

危难时刻显身手

2016 年 2 月 14 日，情人节的夜朦胧迷幻。在北京四惠桥的应急停车带上，两辆小轿车七扭八歪，车后边站了两个人，原来这是一起交通追尾事故。

车流中，后车肇事司机手持砍刀，气势汹汹地拽出前车司机，左手臂搂住前车司机的脖子，将闪亮的刀尖对着前车司机，声嘶力竭地怒吼：“为什么别我的车，马上给钱，不给钱就要你的命！”场面危险而又惊心动魄，行凶者的丧心病狂吓得路人纷纷躲避，眼看一场惨剧就要发生。

在千钧一发之时，李长平刚巧从驻勤单位夜查回家开车路过，他停车、开门、飞身跃出，几步冲到歹徒面前，在劝说无效的情况下，用日常练就的一身功夫，微屈双腿，一个利索的摆拳，将歹徒掀翻在地，瞬间夺下砍刀，化解了一场流血的危机。

事后，李长平没跟任何人提起此事，当被解救的司机带着锦旗来公司表示感谢的时候大家才知道。面对荣誉和同事们的夸赞，他只淡淡地说道：“这没啥，是我应该做的，我们做保安的，就要保一方平安，虽然只是路过，但遇到了群众需要我们的时候，我们就必须挺身而出！”

危难时刻挺身而出，李长平这不是第一次。24 岁那年，他从部队复员后被分配在海城车站工作，一次在回家的路上遇到 3 名歹徒抢了一位 50 来岁妇女脖子上的项链。李长平扔下自己的自行车，以一对三，赤手空拳按住了歹

徒手腕，为受害人抢回了金项链。3 名歹徒逃跑之前，恶狠狠地叫嚣："小子，以后少管闲事，你哪个村的？当心我们叫人宰了你！"

我敬佩李长平面对尖刀和歹徒时的临危不惧、挺身而出。我问他："危险当前，你怎么那么勇敢？歹徒人多势众，还有明晃晃的刀尖对着你，你难道不怕？万一你受了伤，甚至牺牲了，你想过你的父母妻儿吗？你是路遇，不是你的本职，你原本可以不管啊！"

李长平摇了摇头，笑了笑说："这是一种下意识，看到路人有危险，冲上去制止坏人，似乎已经逐渐成为一种习惯。至于害怕，至于家人，当时真没时间去考虑，脑子里就只有一个念头，不能让坏人得逞。以前老话说，'路见不平拔刀相助'，那是好汉。如今，我是共产党员，弘扬正义，维护社会秩序，这是我应尽的职责。"

危难时刻挺身而出，是刻在李长平骨子里的正义感，是他成长过程中的必然结果。李长平出生于东北沈阳附近棋盘山下的一个小山村。他家虽然在东北，可祖籍是湖南，从小家教严格，父亲总是教育他们兄妹"我们是毛主席的家乡人，我们要给毛主席争光"。初中毕业，父亲送他参军，李长平永远记得，白发苍苍的老父亲为他整理好背包，拍着他的肩嘱咐道："儿子，进部队好好锻炼，炼成一块对国家对人民有用的好钢！"

17 岁参军，19 岁在部队入党，辽东半岛的军旅生活锤炼出这位东北小伙的坚强意志和一身擒拿格斗的硬功夫。他从一个懵懂少年，被部队培养成一名优秀的解放军战士，并两次受到嘉奖，革命军人的经历使他有了一种对集体、对国家的责任和担当，深深影响了他的一生。复员后的第三年，他毅然辞职下海，独身闯荡北京，商海沉浮，世道沧桑，有经历的人做什么都优秀，但是最终"千条河流归大海"，他毅然选择保安作为一生的事业。

李长平说："正如一首歌里唱的那样'生命中有了当兵的历史，一辈子也不会后悔'当兵的经历使我平凡的人生变得多姿多彩。我特别钦佩《亮剑》里李云龙那种亮剑精神，作为一名保安，就是要有一种气质，危难时刻挺身而出，敢于与恶势力亮一亮剑，守护他人的平安，这就是我的追求。"

梦圆大学

李长平也有一件后悔的事情，那就是学习。

李长平参军时只是初中学历，文化知识在他年轻的心里并不重要。那个时候的他，崇拜的是健壮、阳刚、勇猛，当兵就要坚强如山，要做活力四射、蓬勃朝气的男子汉。部队给了他上军校的机会，他只去了几天，学校里捧着书本的日子他不适应，他坐不住，他留恋训练场上的摸爬滚打，想练就一身功夫做刚强血汉。连队刚把李长平送到学校，他就偷偷跑回来，向领导申请派别的同志去。部队首长很奇怪，别人争取还得不到的机会，你怎么还不要？为这个事，父亲不远千里专程来部队劝他。然而，凡是李长平认准了的事情，八头牛也拉不回来，他最终放弃了这次人生绝好的机会，兴致勃勃去汽车连当了驾驶员。眼下提及此事，李长平仍是耿耿于怀：“我不是后悔没上军校、提不了干、没当上官，而是后悔没在青春年少时好好学习知识。”

多年的社会历练奋斗，使李长平深深感受到，人生光有生存技能不行，必须要学习科学文化知识，掌握职业技能，特别是走上保安管理岗位后，他更加感到了自己知识的匮乏和充电的紧迫。保安的工作看起来简单，作为管理者没有现代技能和科学的管理方法还真不行。

李长平深深记得2013年的夏天，公司派他去一个新单位洽谈业务，接待的外方物业公司负责人是一位漂亮的中方女经理，操着一口流利的英语向李长平问好。他一时蒙了，嘴里结结巴巴地蹦出几个英语单词。虽然对方也没难为他，之后用中文和他谈了有关业务方面的事，可那位女士眼中流露出的一丝轻蔑，让李长平感到了羞愧。项目没有谈成，这一次李长平下定决心开始学习。

在家人的支持下，李长平当年就参加了戎威远保安公司举办的职工培训班，他拿出当兵时在训练场上的精神来学习，每节课必到，认真听讲，回到家里常常是挑灯夜读，刻苦复习做作业。功夫不负有心人，成人高等教育招生考试结果出来的那天，他还没走进公司，就接到公司工会主席的电话：“长平，恭喜你呀，你被北京市总工会职工大学录取了！”李长平欣喜不已，他感谢公司，庆幸自己是戎威远保安公司的一分子。戎威远保安公司是行业中职工教育方面的佼佼者，当年公司就有17名保安员被职工大学录取。

“你来我们保安公司看看就知道，学习的氛围很浓，比、超、赶、拼的氛围也很浓。正气向上的企业文化，对保安员是一种引导和促进，我们会琢磨如何提升自身素质，如何在岗位上作出不平凡的业绩，这种劲儿能让人‘上瘾’。”李长平说。

明年，李长平就要大学毕业了。大学的知识如甘泉似雨露，滋润了学子干渴的心。知识让人深厚，李长平的文化水平和企业管理能力不断得到提高。戎威远保安公司董事长吕剑夸赞他：“长平，你这个大学没白上，现在的你和两年前的你，不论在个人素养或在人员管理方面，都有了质的提升，简直就是两个人，这个学，上得值！”

李长平说，他要把学到的宝贵知识转化成源源不断的动力，为他的保安事业输送精神食粮，他要活到老学到老。

责任与奉献

保安是个危险的职业，他们的血汗换来了人民群众、全社会的安全保障。多年的保安生涯让李长平深深体会到保安和军人同样伟大和重要，他要用生命践行共产党员的追求，用忘我的付出换来百姓的平安和首都的稳定。

每当参与重大活动的安保任务时，作为公司的一员，李长平会从心底涌出一种责任感和自豪感。2014 年的“两会”期间，李长平接到公司指令，带领一支 50 人的队伍，驻守在离天安门广场很近的一个执勤点，任务就是配合民警值勤，负责巡逻检查。天安门地区是首都的中心，地域范围大、游客流量多、人员构成复杂，保安的工作量大、责任更重大，为了维护稳定、保证平安，不能有一丝懈怠。他们 50 人分成 4 个班，全天 24 小时不间断执勤。

就在这关键时刻，李长平接到老家来的电话，说母亲病重，要他赶紧回去。李长平父亲去世后，他们兄妹三人都离家在外工作，平日里只有母亲一人在老家。母亲是位慈祥大度的女性，不到万不得已，是不会麻烦他们的，这次生病一定是不轻。“两会期间，执勤是政治任务，非同一般，我是负责人，我走了换别人上，我放心不下。”李长平放不下工作，但一想到老母亲生病，又心急如焚，心如刀割。

大局当前，李长平毅然舍小家，他没和公司任何人说，而是让亲戚把母亲送到了北京。工作实在抽不开身，他只匆匆见了母亲一面，安排妻子和妹妹轮流在医院照顾母亲后，就重新返回了工作岗位。母亲理解儿子，在病床上挥着手让他赶紧去上班。自古忠孝不能两全，李长平坚守岗位，带领他的队伍出色地完成了那次任务。可是，他的母亲来京后不久就去世了，离世前握住他的手，叮嘱他好好干。提及此事，这位铁血柔肠的汉子落泪了。

对自己的亲人，李长平顾及不上，可是对待同事，他却像春天般温暖。也是在这个“两会”期间，李长平队里一名叫小龙的保安员突然倒在了病床上，查出是白血病。公司接小龙的父母来到了北京，李长平安慰小龙的父母，亲自驱车带他们去医院，跑前跑后安顿好他们的吃住。看到小龙家里生活穷困，他积极发动同事捐款献爱心，并率先捐出了1000元。在他的带动下，小龙一共收到同事及社会捐款近13万元。

责任与奉献是一种美德，是一种信仰，深深扎根在李长平的血液中、灵魂里。李长平是30万首都保安中的一员，在共和国平凡而伟大的岗位上，无论严冬酷暑、风吹雨淋，始终坚挺脊梁，守护首都的长夜，保卫北京的晨曦，报告百姓平安的消息。

2016年4月，李长平被北京市总工会授予“首都劳动奖章”，同月被全国总工会授予“全国五一劳动奖章”。在庄严的表彰会颁奖台上，李长平眼前华灯溢彩，身边群星璀璨，身上鲜红的绶带和金色的奖章激荡着他的心。聚光灯下的那一刻，他体会到了从未有过的荣誉和自豪，感受到了力重千钧的责任。他说：“荣誉是激励，是党和人民给我的最大信任，我是一名首都保安，面对危险我依然会冲在最前面，舞动生命之光，献身保安事业，用行动得到更多老百姓的认可、支持和信任。”

作者：陈之喆

图书在版编目（CIP）数据

守护平安：首都保安20名先进人物访谈录／北京市公安局，北京市总工会，共青团北京市委员会主编. —北京：中国工人出版社，2016.9

ISBN 978-7-5008-6542-1

Ⅰ.①守… Ⅱ.①北… ②北… ③共… Ⅲ.①报告文学—中国—当代 Ⅳ①I25

中国版本图书馆CIP数据核字（2016）第220425号

守护平安：首都保安20名先进人物访谈录

出 版 人	芮宗金
责任编辑	安　静　李　丹
责任校对	赵贵芬
责任印制	栾征宇
出版发行	中国工人出版社
地　　址	北京市东城区鼓楼外大街45号　邮编：100120
网　　址	http://www.wp-china.com
电　　话	（010）62350006（总编室）　（010）62005039（出版物流部） （010）62382916（职工教育分社）
发行热线	（010）62005049　（010）62005042（传真）
经　　销	各地书店
印　　刷	三河市万龙印装有限公司
开　　本	710毫米×1000毫米　1/16
印　　张	17
字　　数	252千字
版　　次	2016年9月第1版　2017年2月第2次印刷
定　　价	38.00元